Séduction au haras

CAROL MARINELLI

Séduction au haras

Traduction française de
CATHERINE BENAZERAF

AZUR

HARLEQUIN

Collection : Azur

Titre original :
VIRGIN'S STOLEN NIGHTS WITH THE BOSS

HARPERCOLLINS FRANCE
83-85, boulevard Vincent-Auriol, 75646 PARIS CEDEX 13
Service Clients — www.harlequin.fr
ISBN 978-2-2805-0964-0 — ISSN 0993-4448

Édité par HarperCollins France.
Composition et mise en pages Nord Compo.
Imprimé en octobre 2024 par CPI Black Print (Barcelone)
en utilisant 100% d'électricité renouvelable.
Dépôt légal : novembre 2024.

FSC www.fsc.org MIXTE Papier issu de sources responsables FSC® C159065

Pour limiter l'empreinte environnementale de ses livres, HarperCollins France s'engage à n'utiliser que du papier fabriqué à partir de bois provenant de forêts gérées durablement et de manière responsable.

Prologue

— *Esto no ha terminado, Carmen ...*

« Les choses n'en resteront pas là, Carmen... »

Sebastián avait beau l'exhorter à ne pas s'avouer vaincue, Carmen n'éprouvait rien d'autre qu'une insurmontable lassitude.

Les trois membres de la fratrie Romero se tenaient au beau milieu des écuries désertes. En apprenant que leur cadette avait décidé d'en retirer ses chevaux, ses deux frères avaient quitté les luxueuses caves qu'ils possédaient au centre de Jerez, et débarqué séance tenante dans l'immense propriété familiale de la campagne andalouse.

— *Padre* avait toujours dit que l'hacienda te reviendrait, insista Sebastián. Maria n'est revenue que lorsqu'elle a appris qu'il était mourant. Il n'est pas question qu'elle en hérite !

Fermement décidé à ce que sa jeune sœur tienne bon face à leur mère, il avait mentionné cette dernière en utilisant son prénom. Aucun d'entre eux n'appelait plus *mamá* celle qui les avait abandonnés dans leur enfance.

Ce fut au tour d'Alejandro d'intervenir.

— Si tu t'en vas maintenant, tu lui offres la propriété sur un plateau.

Carmen leva une main pour les faire taire.

— Arrêtez ! leur intima-t-elle. Je ne serai absente que

trois mois ! Même avant la mort de *padre*, j'avais parlé de faire un break.

— C'est vrai, acquiesça Alejandro, hochant la tête. Mais Carmen..., en déplaçant tes chevaux, tu ne fais que faciliter les choses pour Maria.

— Parce qu'il aurait mieux valu que je les laisse là, en sachant qu'elle ne saurait pas s'en occuper ? Tu oublies qu'elle ne s'est même pas souciée de nous, ses enfants ?

Sur bien des points, les membres de la fratrie Romero étaient bénis des dieux : ensemble, ils avaient hérité des célèbres caves de vins de Xérès, ainsi que de propriétés et investissements domiciliés bien au-delà de l'Andalousie.

Cependant, bien qu'ils partagent des caractéristiques communes – telles que leur chevelure aile de corbeau ou leur tempérament passionné –, les bouleversements vécus dans leur enfance avaient forgé trois personnalités différentes.

De dix ans l'aîné de Carmen, Sebastián était le plus impitoyable. Si son récent mariage avec Anna – dont il était sur le point d'adopter la petite Willow – avait quelque peu adouci son cœur, il n'en demeurait pas moins implacable en affaires. À ses yeux, la relation avec Maria de Luca n'était rien d'autre qu'un sac de nœuds dont il entendait se débarrasser au plus vite. Maintenant que José était mort, il voulait qu'elle disparaisse entièrement de l'entreprise familiale, y compris sur les étiquettes de leur xérès.

En âge, Alejandro se situait exactement entre son frère et sa sœur, et il faisait preuve de davantage d'indulgence. Son souhait était que les dernières volontés de leur père soient exécutées à la lettre, et il n'avait aucune objection à ce que Maria continue à incarner l'image de la marque. Cependant, s'agissant de la demeure familiale, il était prêt à lutter pour ce qui lui paraissait juste : l'hacienda devait revenir à sa sœur.

En ce qui concernait Carmen, elle s'était toujours rangée aux côtés de Sebastián, adoptant sa fougueuse opposition à Maria. Mais depuis le décès de leur père, elle s'était un peu adoucie à l'égard de celle-ci.

— Carmen, tonna Sebastián, il faut que tu te battes pour faire valoir tes droits. Fuir ne sert à rien !

— Je ne m'enfuis pas. J'ai juste besoin d'un break.

Sa voix avait toujours été un peu voilée, mais ce matin elle était plus rauque que jamais.

— Mais pourquoi en Amérique ? questionna Alejandro.

— C'est le pays de la liberté, et j'ai besoin d'être libre.

— Et pour cela, il te faut aller jusqu'en Californie ?

— Qui sait, peut-être pourrais-je y commencer une carrière d'actrice, ou de mannequin ? Pourquoi pas de danseuse...

— Carmen, tu détestes te mettre sur ton trente et un ! tonna Sebastián.

C'était là une incontournable vérité !

Lorsqu'elle renonçait à sa sempiternelle queue-de-cheval à l'occasion d'une réception, Carmen arborait une longue chevelure dont l'éclatant noir de jais éblouissait l'assistance. Mais loin de la lumière des projecteurs, elle vivait en pantalons jodhpurs, ou en short par les fortes chaleurs du sud de l'Espagne.

— Sans compter que tu as la danse en horreur, ajouta-t-il.

— C'était une plaisanterie ! objecta Carmen. Je compte chercher un travail de serveuse, dans un café ou un restaurant.

Le regard de Sebastián exprima la plus complète incompréhension.

— Pour quoi faire ? questionna-t-il. Tu n'en as pas besoin.

— Peut-être pour me débrouiller par mes propres moyens.

— Je ne t'ai jamais vu débarrasser ne serait-ce qu'une tasse à café. Encore moins la laver. Par-dessus le marché, je ne te donne pas plus d'une journée pour t'ennuyer de tes chevaux.

— C'est vrai que je me rappelle tout juste le temps où ils ne faisaient pas partie de ma vie, soupira Carmen. Et je n'ai même pas le souvenir d'avoir été autre chose qu'une Romero.

Dans sa totalité, le nom patronymique de Carmen était Romero de Luca. Mais en Espagne, elle était Carmen Romero, réputée pour ses talents d'écuyère, formée au dressage des chevaux de l'école d'art équestre – les fameux « chevaux qui dansent » – qu'elle montait aussi en spectacle.

Et elle était l'unique fille du clan. Une fille que l'on disait outrageusement gâtée par son père – ce qui n'était pas faux.

Ce qui n'empêchait pas que Carmen se sente affreusement seule, souffrant de son manque total de succès en amour.

Par hasard, elle avait surpris le dernier en date de ses petits amis, racontant à ses copains combien elle pouvait se montrer exigeante, voire crampon.

Et ses critiques ne s'étaient pas arrêtées là !

Carmen l'avait entendu – lui à qui elle s'était presque résolue à offrir une virginité qu'elle jugeait de plus en plus encombrante –, confier qu'elle dégageait une pestilentielle odeur d'écurie, et se plaindre qu'il était presque contraint à retenir sa respiration lorsqu'il l'embrassait.

La réponse de l'un de ses copains n'avait pas été plus réconfortante.

— Ferme les yeux, avait-il dit, et pense à la fortune des Romero...

Ce n'était pourtant pas à cet ex que Carmen devait d'avoir le cœur irrémédiablement brisé – sa mère s'était chargée de cette tâche bien longtemps avant.

Toujours était-il que, du haut de ses vingt-six ans, elle en était venue à la conclusion qu'il serait plus raisonnable pour elle de ne jamais courir le risque de tomber amoureuse.

Désormais, Carmen éprouvait le besoin de voler de ses propres ailes, au lieu de compter sur la fortune et la renommée de sa famille.

— En Amérique, je me ferai appeler Carmen de Luca, annonça-t-elle.

Sebastián fronça les sourcils.

— Tu veux *vraiment* porter le nom de Maria ? s'étonna-t-il. Pourtant, tu la détestes !

— C'est vrai. Mais cela me permettra de passer inaperçue.

— Et tu te crois capable de renoncer à l'équitation ? insista Alejandro.

Carmen demeura songeuse un instant.

C'était une passion à laquelle elle s'était adonnée corps et âme. Sauf que nul ne savait qu'elle s'était engagée dans cette voie par esprit de rébellion.

Elle se revoyait, petite fille, debout en haut des escaliers, tendant l'oreille pour entendre ce que son *papá* disait à sa *mamá* au téléphone, tout excitée de se découvrir l'objet de leur conversation.

— Des cours de flamenco ? s'étonnait papá. Mais elle a tout juste quatre ans !

Souvent, Carmen poussait la porte du studio de danse de sa mère. Elle adorait s'y glisser, parmi les châles, et les chaussures à talons abandonnés.

Une fois elle avait entendu Maria confier à un journaliste combien cela lui brisait le cœur que sa carrière l'entraîne aussi loin de ses enfants. Lorsque l'homme lui avait demandé si elle s'imaginait danser avec sa fille, plus tard, Maria avait éludé la question. Néanmoins, Carmen s'était imaginée sur scène aux côtés de sa célèbre maman...

Certainement, Mamá allait-elle rentrer à la maison pour donner des cours de flamenco à sa fille adorée !

Transportée de joie, Carmen s'était précipitée vers son père lorsqu'il avait raccroché. C'était la mine sombre qu'il avait dit :

— Mamá te trouve un peu... Bref, elle pense que ce serait bien que tu commences à prendre des cours de flamenco. Je vais en parler à Eva.

— Eva ?

Eva donnait des cours à certains des enfants de l'école maternelle très huppée où Carmen était inscrite.

— Mais Mamá danse beaucoup mieux qu'Eva ! avait-elle protesté.

Ce soir-là Carmen avait compris que sa *mamá* n'avait pas la moindre intention de réintégrer le foyer familial.

Elle avait pleuré une bonne partie de la nuit, la réclamant à cor et à cri.

Puis, Carmen avait pris une paire de ciseaux pour couper ses longs cheveux noirs, et avait lancé à son père :

— Je veux faire du cheval ! Je ne veux plus être danseuse comme Maria.

C'était la première fois qu'elle appelait sa mère de la sorte.

Bien qu'elle ne soit âgée que de cinq ans lors de sa première récompense en concours, Carmen avait mis tout son désir de vengeance dans ses efforts pour l'obtenir. Son père était beaucoup trop anéanti par la désertion de son épouse pour vraiment s'intéresser aux exploits équestres de sa fille. Aussi s'était-il contenté de payer grassement pour sa nouvelle passion, plutôt que lui apporter le soutien dont elle avait besoin.

C'était Alejandro qui avait fait comprendre à sa petite sœur qu'elle ferait mieux de renoncer à tout espoir de voir revenir Maria. Et c'était Sebastián avec qui elle avait eu la *discussion* indispensable à la puberté. Les deux garçons l'avaient guidée dans l'existence, à la place de leurs parents.

Aujourd'hui, ils liguaient leurs efforts pour la convaincre de se battre. Sebastián était le moins sentimental.

— Maria n'a pas mis les pieds ici pendant vingt-cinq ans, fit-il remarquer. Elle n'a repris contact avec notre père que lorsqu'elle l'a su mourant.

Peut-être entendit-il Carmen déglutir nerveusement, ou remarqua-t-il qu'elle évitait son regard, car il demanda :

— Est-ce que tu nous caches quelque chose, Carmen ?

— Bien sûr que non ! protesta-t-elle.

Il n'était pas question que ses frères découvrent les quelques incursions de Maria dans le lit de José, dont elle seule était au courant !

— Tu es bien consciente que si nous décidons de contester le testament en justice, tout sera exposé au procès ?

Sebastián scruta Carmen d'un regard pénétrant et elle se détourna tandis qu'il reprenait :

— Cela dit, je conçois que tu aies besoin de changer d'air. Je vais demander à Dante d'organiser une petite fête sur le yacht avant ton départ. Anna et Emily voudront certainement te dire au revoir comme il convient.

Dante était le capitaine du luxueux yacht de Sebastián et il était entièrement dévoué à la famille Romero.

Acquiesçant d'un hochement de tête, Carmen regarda son frère aîné se diriger vers la voiture. Pourquoi, diable, Alejandro n'en faisait-il pas autant ? se demanda-t-elle.

— Qu'est-ce qui ne va pas, Carmen ? interrogea-t-il.

— C'est juste que *padre* me manque terriblement. Et je ne peux pas m'empêcher de penser que je l'ai déçu...

José avait si souvent répété qu'il était impatient de conduire sa fille chérie à l'autel !

— Je ne suis pas sûre de vouloir aller en justice, Alejandro, confia-t-elle. Après tout, Maria a peut-être vraiment envie de revenir vivre ici...

Carmen ne parvenait pas à faire taire en elle la petite fille espérant que sa mère avait changé – prête, même, à lui donner une seconde chance.

Si elle avait cru trouver en Alejandro une oreille complaisante, elle se trompait.

— Tu ne vas pas te laisser avoir, Carmen ? s'indigna-t-il.

Alejandro n'avait pas tort en craignant qu'elle ne se laisse attendrir. À tel point que se méfiant d'elle-même, Carmen avait déjà pris son billet d'avion pour la Californie.

Le soir même, elle s'envolerait pour Los Angeles. Et tant mieux si elle esquivait les au revoir larmoyants sur un yacht ! Ce n'était pas sa tasse de thé !

Alejandro et Emily programmaient un voyage en Angleterre avec leur bébé – la petite Josefa. Qui sait s'ils ne décideraient pas de s'y installer ? Quant à Sebastián et Anna, ils attendaient impatiemment que l'adoption de Willow soit effective pour fêter cela par une longue croisière.

Tous ceux que l'on aimait finissaient par vous abandonner !

Désormais, Carmen était résolue à ce que ce soit *elle* qui parte la première.

1

Elias Henley avait assisté à davantage de soirées de remise de prix que la plupart des acteurs du grand et petit écran.

C'était le cas, une fois de plus, et il se tenait aux côtés de la ravissante jeune femme, du nom de Wanda, qui lui servait de cavalière en pareilles circonstances.

— Salut, Elias !

Un cinéaste s'approcha pour le saluer, parvenant mal à dissimuler combien il était impatient de découvrir si le projet de film qu'il lui avait soumis avait son aval.

Cette réception très huppée était donnée par Henley Productions, la société établie par le grand-père d'Elias.

Ce soir, les Henley révéleraient le nom du lauréat de la bourse d'études cinématographiques, créée en hommage à leur fils Joel, décédé cinq ans plus tôt, par Eleanor, la mère du jeune homme.

Frère jumeau de celui-ci, Elias serait tenu de remercier les donateurs, et de féliciter la veuve de Joel, Seraphina, pour le dévouement qu'elle mettait à faire un succès de cette fondation, aux côtés d'Eleanor

C'était un moment qu'Elias redoutait tout particulièrement.

Il venait d'éconduire sans beaucoup de ménagements

le réalisateur qui le bassinait avec les qualités de son film, quand Wanda se pencha vers lui.

— Tu es capable d'une brusquerie à la limite de la politesse, lui siffla-t-elle à l'oreille. J'espérais que tu me présenterais.

Wanda se lança sans attendre à la poursuite de l'homme.

Le regard d'Elias s'arrêta sur ses parents, en grande conversation avec Seraphina et son second mari, Vincent – son ami de longue date bien qu'ils appartiennent à des équipes de polo concurrentes.

S'il s'était laissé aller à ses inclinations naturelles, Elias aurait passé sa soirée sur un cheval. Sa passion était le polo, et il y consacrait toute son énergie. D'ailleurs, il venait de mettre sur pied une nouvelle équipe qui commençait à faire parler d'elle.

— Elias ?

Fronçant les sourcils, il constata que c'était Seraphina qui venait de l'interpeller.

— Wanda t'a abandonné ? s'étonna-t-elle en prenant une coupe de champagne sur le plateau d'une serveuse passant à leur portée.

Elias étudia le visage de poupée de porcelaine.

— *Va au diable* ! marmonna-t-il à l'intention de cette femme qu'il haïssait.

— Tu me manques tellement, souffla-t-elle d'un ton insistant. Il n'y a pas un jour où...

— Tu veux que je redise la même chose, à haute voix cette fois ? grommela Elias.

Il avait prononcé sa question d'une manière suffisamment menaçante pour que Seraphina tourne instantanément les talons.

— Pardonne-moi de t'avoir laissé en plan, mon chéri !

Wanda était de retour. Elle tendit une main pour redresser son nœud papillon, mais Elias s'écarta instinctivement.

Il *détestait* tout contact inutile.

— Si nous étions véritablement en couple, susurra Wanda en laissant retomber sa main, il serait tout à fait naturel que nous ayons des gestes de tendresse l'un envers l'autre.

Elias leva les yeux au ciel.

— Si tel était le cas, dit-il, tu saurais que j'ai horreur des manifestations d'affection en public, et...

Le sourire qu'il discerna sur les lèvres de la serveuse qui leur tendait son plateau interrompit Elias.

Non pas qu'il soit embarrassé d'être surpris dans son échange avec Wanda. Il ne devait pas y avoir grand monde à Los Angeles pour ignorer la nature de leur relation.

À trente-cinq ans, Elias Henley n'avait personne dans sa vie. Et c'était par choix. Il tenait à ce que ses liaisons restent superficielles. La vie ne lui avait-elle pas appris que l'on ne pouvait faire confiance à personne ?

Son arrangement avec Wanda convenait aussi bien à l'un qu'à l'autre : nombreuses étaient les occasions où il avait besoin d'une jolie femme à son bras ; et Wanda profitait au maximum de ses réseaux dans l'industrie du cinéma pour faire progresser sa carrière.

Quant à ce qui relevait de l'assouvissement de besoins purement physiques, il disposait de suffisamment de prétendantes à cette fonction.

La serveuse continuait à sourire, et Elias s'en étonna : habituellement, le personnel employé pour une réception aussi prestigieuse ne se risquait pas à une telle indiscrétion.

Il s'attarda sur les grands yeux noirs en amande. La jeune femme soutint son regard sans rougir.

— Voulez-vous une coupe de champagne ? proposa-t-elle, avec un fort accent espagnol.

Elias refusa d'un bref signe de tête.

Se détournant, il se rendit compte que Wanda n'avait même pas remarqué le sourire ironique de la serveuse.

C'était clairement un non-événement. Un épisode ne méritant pas que l'on s'y attarde. Alors, pourquoi ne parvenait-il pas à effacer de son esprit l'espèce de connivence qu'il avait perçue entre lui et la jeune femme – comme si elle partageait son sentiment sur ce genre de soirées ?

Wanda arracha Elias à ses spéculations.

— Tu as préparé ton discours ? questionna-t-elle.

— Pas la peine. C'est le même depuis cinq ans.

La première année – huit mois après la mort de Joel –, Elias aurait aimé que la clarté des projecteurs braqués sur lui efface tous les visages de l'assistance.

Ce soir-là, il avait été frappé par la maigreur de son père – lequel avait dû perdre pas loin d'une dizaine de kilos dans les mois précédents. Quant à sa mère, elle affichait toujours la même apparence impeccable, mais Elias savait les efforts démesurés qu'elle fournissait pour faire bonne figure.

Les conversations s'étaient éteintes. Tout le monde attendait ce qu'il allait dire. Car c'était la première fois qu'un membre de la famille s'exprimait officiellement sur la mort tragique de Joel.

Son éducation privilégiée donnait à Elias l'assurance suffisante pour prendre la parole en public. Cela lui était fort utile depuis qu'il avait sa place dans l'entreprise familiale – même si sa propension naturelle l'aurait plutôt poussé vers le polo que la production cinématographique.

Ce qui mettait Elias dans un tel état de nerfs, ce soir-là, n'était pas tant de devoir évoquer la mort de son jumeau.

Contrairement à ce que tout un chacun se figurait, ce n'était pas cet événement qui avait sonné pour lui le glas d'une vie idéale. Son insouciante sérénité avait, en fait, pris fin deux semaines avant cela, et c'était à Seraphina qu'il le devait...

Curieusement, cinq ans plus tard, il éprouvait toujours la même nervosité au moment de remettre le prix fondé en mémoire de son frère. Tendant la main vers un plateau passant à sa portée, Elias prit un verre d'eau pour tâcher de dénouer sa gorge. Il ne put s'empêcher d'éprouver une pointe de déception en constatant que ce n'était plus la même serveuse.

— Ton père arrive, l'informa Wanda.

L'immuable sourire de William Henley s'évapora au moment où il s'adressa à son fils.

— J'avais un mot à te dire, Elias. Ta mère a beau faire comme si de rien n'était, les membres du conseil d'administration de la dotation commencent à émettre des doutes sur l'avenir du prix, et...

— Je sais, l'interrompit Elias.

Il n'ignorait rien des finances bancales de la fondation créée par sa mère.

— Les gens attendent davantage que ton traditionnel discours, reprit son père. Implique-toi davantage. Raconte à quel point ton frère te manque... Ou bien évoque son mariage, par exemple... Rappelle à quel point Joel et Seraphina étaient heureux ensemble...

— Ce ne serait pas très sympathique pour son second mari.

Le père d'Elias laissa échapper un long soupir.

— Alors, explique comment tu as surmonté ton chagrin, insista-t-il. Comment tu as trouvé la force d'aller de l'avant... Tu es conscient que ce prix revêt une grande importance pour ta mère, non ?

William Henley venait d'abattre sa dernière carte, et Elias chercha à le rassurer.

— Je le sais pertinemment, dit-il.

— Alors, pour l'amour du ciel, fais un effort ! martela William. Donne à ces gens ce qu'ils ont envie d'entendre. Ce n'est quand même pas le bout du monde de mettre un peu d'émotion dans ton discours !

Il tourna les talons, et Elias serra les dents. Cela faisait cinq ans qu'il endiguait ses émotions. Si jamais il se risquait à leur laisser libre cours...

Le cocktail prit fin, suivi d'un banquet interrompu à plusieurs reprises par la remise de diverses récompenses.

La soirée était toujours aussi ennuyeuse, se désola Elias *in petto*. Son esprit dériva vers ce qui le passionnait véritablement : Domitian, l'étalon un peu trop fougueux dont il venait de faire l'acquisition ! Leur galop du soir, le long de la plage, manquerait autant à l'animal qu'à lui-même. Il n'y avait personne d'autre que lui pour se risquer à le monter, hormis Blake, le chef d'écurie, dont c'était justement le jour de congé.

Enfin, les desserts furent apportés, et la mystérieuse serveuse refit son apparition. Cette fois, elle ne semblait plus avoir le cœur à sourire : écarlate, son tablier de travers, elle ne portait que deux assiettes quand ses collègues en tenaient quatre à la fois.

Il n'y avait pas qu'un seul prix à décerner ce soir-là.

Les films soutenus par Henley Production en récoltèrent une bonne partie – comme à l'accoutumée. La société établie par le grand-père d'Elias continuait à prospérer.

Par-dessus la table, William se pencha vers son fils.

— Quand je pense que tu voudrais laisser tomber tout ça ! soupira-t-il.

Elias serra les mâchoires. Il avait confié à ses parents son désir de changer d'orientation, mais en espérant que cela resterait entre eux.

— Tu songes à quitter la société ?

Seraphina avait dressé l'oreille.

— Encore son fichu polo ! grommela William.

— L'équipe de Vincent se débrouille de mieux en mieux, déclara Seraphina en exerçant une pression sur le bras de son mari. Vous risquez de vous retrouver face à face en finale !

Le sourire dont elle gratifia Elias lui mit un goût amer dans la bouche.

— Je pense que ça va être à mon tour de parler, fit-il.

Se levant, il se dirigea vers l'estrade.

La plupart des invités étaient ceux des cinq années passées, et tout le monde semblait s'attendre au même discours.

Bien sûr, Elias ne manqua pas de remercier abondamment tous ceux qui rendaient possible l'attribution de la bourse au nom de Joel Henley.

Il fixa son attention sur sa mère. Avant le décès de Joel, Eleanor avait été une décoratrice d'intérieur des plus recherchées. Son dernier projet avait été la remarquable restauration du ranch qu'Elias habitait, à côté de ses écuries – à Malibu, la banlieue très huppée de Los Angeles.

Depuis le drame, sa mère avait obstinément refusé de poursuivre la réhabilitation des dépendances du ranch – lesquelles abritaient les logements des palefreniers – pour se consacrer à garder vivante la mémoire de son fils.

L'assistance dissimulait à peine son ennui. Son père n'avait pas tort : l'intérêt du public pour la fondation s'émoussait.

Or, il ne supporterait pas que sa mère ait à en souffrir.

Il était de son devoir de prendre la situation en main.

— À la mort de Joel, enchaîna-t-il d'une voix sourde, j'ai eu l'impression que mon univers s'effondrait…

Transmettre la profondeur de son désarroi à un public peu attentif exigeait manifestement qu'il se dévoile davantage – comme son père le suggérait.

— Les gens me demandent souvent comment je suis parvenu à surmonter mon chagrin, poursuivit-il. Joel n'était pas seulement mon meilleur ami… Nous étions inséparables. Enfin, jusqu'à ce qu'il tombe amoureux de la nouvelle assistante de notre mère…

S'obligeant à sourire pour bien montrer qu'il s'était juste autorisé une plaisanterie sans arrière-pensée, Elias jeta un coup d'œil en direction de sa famille. Assise à côté d'Eleanor, la veuve de son frère enserrait sur la table la main de cette dernière, avec une expression mielleuse.

— Quelques mois avant le décès de Joel, reprit Elias, nous avions célébré son mariage avec…

Il s'interrompit, incapable de prononcer le prénom de Seraphina, puis ajouta :

— Il était plus heureux que jamais…

De nouveau, Elias marqua une pause. Comment se plier à ce que William avait demandé, quand il était dépositaire d'une vérité que lui seul connaissait ?

Joel avait été tout *sauf* heureux !

Figé sur l'estrade, Elias se remémora l'horreur et le dégoût qui l'avaient assailli deux semaines avant la mort de son jumeau, quand Seraphina avait tenté de l'embrasser.

La repoussant, Elias l'avait gratifiée d'un qualificatif qu'aucun gentleman n'emploierait jamais avec une dame. Sauf que Seraphina n'en était pas une. Elle avait sangloté :

— C'est toi que j'aime, Elias ! Ça a toujours été toi.

— Tu me *dégoûtes* ! avait sifflé Elias.

C'était toujours vrai. Mais à qui aurait-il pu s'en ouvrir ?

Des toussotements lui indiquèrent que l'assistance commençait à s'impatienter. Elias lança un regard à son père.

Ah, tu veux de l'émotion ? Et si je racontais que Joel m'appelait en pleurant, au moment où il a perdu le contrôle de sa voiture ? Voudrais-tu que je dise à tous ces gens qu'il s'était rendu compte que son épouse lui battait froid, deux semaines après leur voyage de noces ? Faudrait-il que j'explique pourquoi j'avais préféré lui mentir ?

— *Tu as raison, avait dit Joel. La lune de miel ne peut pas durer éternellement. Je me fais sûrement des idées. Surtout, n'en dis rien à personne.*

— *Compte sur moi ! Et sois patient avec ta femme...*

Joel n'avait pas eu le temps de faire preuve de patience. Elias avait entendu son cri de terreur, puis un klaxon insistant, et enfin le crissement des pneus sur la chaussée.

— Le soir de sa mort, mon frère m'a appelé au téléphone, recommença-t-il.

Il fixa Seraphina, qui eut le culot de soutenir son regard. Manifestement, elle ne se doutait pas qu'il s'en fallait d'un cheveu qu'il ne révèle à tout le monde ce qu'il s'était réellement passé entre son frère et lui.

Mais que s'était-il réellement passé ? *Rien !*

— Joel avait une question à me poser, lâcha-t-il. Il se demandait comment il était possible que sa jeune épouse...

Seraphina cligna des paupières. Peut-être venait-elle de réaliser que le très imperturbable Elias Henley – ce modèle de retenue –, était à deux doigts de perdre le contrôle...

2

— De Luca !

Carmen sursauta. D'un signe de tête, son patron lui indiquait une table ou quelqu'un levait une main exigeante.

Cet emploi de serveuse était le troisième qu'elle occupait depuis son arrivée en Californie. Il était impératif qu'elle le conserve si elle ne voulait pas renoncer à la promesse qu'elle s'était faite de ne pas dépendre de la fortune familiale.

Elle se dirigea vers l'invitée qui continuait à faire signe.

— J'avais demandé de l'eau gazeuse, aboya celle-ci.

Carmen prit une bouteille sur la desserte, et vint servir la femme. Mais l'orateur, sur l'estrade, lui fit lever les yeux.

C'était la voix de basse de l'homme auquel elle avait eu affaire un moment auparavant. Et il était bien trop séduisant pour qu'elle ait oublié son existence. Pas plus que la façon dont il n'avait pas mâché ses mots avec sa jolie compagne.

Pour l'instant, il semblait en difficulté. Les spots braqués sur l'estrade faisaient luire sa chevelure sombre, et mettaient en relief ses traits altiers. Son smoking avait beau être de la plus parfaite facture, on aurait dit qu'il s'y sentait à l'étroit.

Était-ce la nervosité qui lui faisait porter une main à son nœud papillon ? Mais, non, ce n'était pas de la fébrilité, comprit Carmen en l'observant plus attentivement. Il lui rappelait Sebastián lors des obsèques de leur père. Lorsqu'il avait fait de son mieux pour demeurer courtois et garder sous le boisseau les émotions confuses qui le taraudaient.

Manifestement, le séduisant individu luttait pour se contenir… Agrippant des deux mains le pupitre, il respirait avec peine et fusillait du regard une partie de l'assistance…

Trois choses concoururent à empêcher Elias de se livrer à des révélations gênantes. Tout d'abord, le souvenir qu'au moment où il était allé identifier le corps de Joel, il lui avait promis que personne ne serait au courant de l'ignoble trahison de son épouse. Ensuite, le fait qu'il s'était bien juré de protéger sa famille – en particulier sa mère – d'un surcroît de souffrances. Et enfin, le remue-ménage soudain, à l'autre extrémité de la salle, qui fournissait une justification bienvenue à son silence…

— Hé ! s'écria la femme, quand l'eau que Carmen était en train de verser dans son verre déborda sur la table.

— Je suis vraiment désolée, s'excusa Carmen.

L'invitée s'était levée d'un bond, renversant sa chaise, furieuse que sa robe ait été mouillée.

— Je suis trempée, glapit-elle au milieu d'un silence gêné.

Carmen espéra de tout cœur n'avoir jamais parlé sur ce ton à une serveuse – ce dont elle était quasi certaine. Pinçant les lèvres, elle retint la repartie cinglante qu'elle avait failli lâcher : la robe était à peine humide.

— Je vous prie de m'excuser, madame.

Déjà une armée de serveurs se précipitaient, armés de torchons pour éponger le désastre – bien sûr secondés par le directeur de l'hôtel.

Cependant, la seule chose retenant l'attention de Carmen,

était que l'orateur semblait avoir retrouvé sa voix. Il s'assura que l'incident était terminé, avant de reprendre :

— Oui, Joel se demandait comment il était possible que sa jeune épouse et lui soient à tel point heureux...

— De Luca, souffla le directeur à l'oreille de Carmen, retrouvez-moi dans la cuisine. Immédiatement !

Un nouveau renvoi se profilait à l'horizon ! Carmen atteignait les portes battantes menant aux cuisines, quand la chaude voix grave la retint :

— Nombreux sont ceux qui m'ont demandé comment j'ai surmonté mon chagrin, entendit-elle.

Depuis la mort de son cher *papá*, Carmen avait l'impression que sa propre douleur n'avait fait que s'accroître.

S'il vous plaît, Monsieur Beau-gosse, dites-moi que ça finit par passer...

— Cela fait maintenant cinq ans, reprit l'homme d'une voix voilée, et je n'ai toujours pas la réponse.

Voilà qui n'avait rien de réconfortant, se désola Carmen en son for intérieur, avant de pousser la porte.

— De Luca ! tonna son employeur. À quoi, diable, étiez-vous en train de penser ? Mais vous êtes incapable de penser !

Ce type était affreux, songea Carmen. *Odieux !*

— C'était un simple accident, objecta-t-elle. Et je me suis excusée sur-le-champ.

— Cela fait à peine une semaine que vous travaillez ici, et vous causez une catastrophe par soirée !

— J'ai juste renversé un peu d'eau. Je ne vois pas où est le problème.

— Je vais vous dire où est le problème, moi !

Se mordant la langue, Carmen lutta pour ne pas se débarrasser du tablier ridicule que les serveuses étaient contraintes de porter pour le jeter à la tête de son patron.

— Je suis vraiment désolée, dit-elle.

— Si vous croyez que ça va suffire !

Continuant à lui passer un savon, son employeur l'informa qu'elle était bonne pour une retenue sur salaire.

Carmen détestait la façon dont ses collègues étaient traités, animée qu'elle était par une profonde haine de l'injustice.

— Vous voulez savoir pourquoi vous ne parvenez pas à conserver votre personnel plus d'une semaine ? siffla-t-elle.

Autour d'elle, les employés présents dans la cuisine baissaient obstinément la tête. Carmen promena un regard compatissant sur eux – qui n'étaient pas en position de se rebeller –, puis elle ajouta :

— Parce que vous avez un comportement abject ! Vous passez votre temps à vociférer, et vous vous permettez de subtiliser les pourboires !

— Taisez-vous ! hurla-t-il, écarlate. Et sortez d'ici !

— Pas tant que vous n'aurez pas rendu ce que vous leur devez à mes collègues ! Et si vous ne vous exécutez pas, je n'hésiterai pas à porter plainte, en me faisant représenter par le meilleur cabinet d'avocats de Los Angeles.

Le nom qu'elle cita faillit faire s'étouffer son patron.

— Vous serez condamné pour infraction au Code du travail ! ajouta-t-elle.

Vaincu, le directeur de l'hôtel sortit une liasse de billets de sa poche, qu'il distribua à la ronde. Après quoi, Carmen dénoua la ceinture de son tablier pour le jeter à terre.

— Voilà ce que vous pouvez faire de votre fichu job ! Surtout, ne vous avisez pas d'exercer des représailles sur vos autres employés. Je vous ai à l'œil...

Lorsqu'elle émergea dans la fraîcheur de la nuit, Carmen se sentait plus abattue que fière d'elle-même. Le manager n'avait pas tort : elle n'était vraiment pas douée pour le service.

Elle sursauta en découvrant une haute silhouette. Une silhouette qui ne pouvait être que… *lui* ! Appuyé au mur de l'hôtel, l'homme semblait étonnamment solitaire.

Soudain, il tourna la tête vers elle, la dévisageant intensément.

Ce fut presque involontairement qu'elle leva une main à son front, la tenant à plat pour le tapoter de la tranche de l'index. En Espagne, c'était le signe qu'on en avait *jusque-là*.

Hors de son contexte, c'était un geste qui pouvait être interprété comme un salut, ou quelque chose de plus bizarre…

Cependant, elle ne reçut en retour qu'un sourire, accompagné d'un geste identique, montrant que l'inconnu comprenait et éprouvait la même chose qu'elle.

Puis, il s'écarta du mur, remit sa veste en place, et rentra dans l'hôtel avec une assurance nonchalante.

Renonçant à la tentation de faire signe à un taxi, Carmen gagna l'arrêt de bus. De retour dans le petit appartement sans âme qu'elle louait à la semaine, elle se versa un bol de céréales. Puis elle fit défiler les offres d'emploi sur l'écran de son portable. Soudain, une annonce retint son attention.

Palefrenier. Un emploi à temps plein, dans une écurie locale.

Mais non ! N'avait-elle pas quitté son pays pour prendre un peu de distance avec les chevaux ?

Cependant, Carmen devait se rendre à l'évidence : ils lui manquaient horriblement.

Aussi étudia-t-elle le descriptif du poste.

Employé d'écurie… Poste temporaire… Début immédiat… Expérience du jeu de polo souhaitée…

Bon, elle ignorait tout de ce sport, mais les écuries étaient situées à Malibu... Cela méritait qu'on s'attarde davantage sur la proposition.

> Journées de travail commençant
> tôt... Un jour de congé
> par quinzaine pendant la saison
> des rencontres de polo.

Un large sourire vint aux lèvres de Carmen. Toutes ces précisions pouvaient se résumer en quelques mots : le candidat – ou la candidate – devait impérativement aimer les chevaux.

Pour la première fois depuis le décès de son père, Carmen bouillonnait d'excitation.

Malibu ! Les collines, l'océan, les chevaux...

Carmen de Luca, palefrenière... Pourquoi pas ?

Peut-être, dans cet emploi modeste, finirait-elle par savoir qui elle était vraiment... ?

3

— Tu n'as vraiment aucune expérience du polo ?

— Pas la moindre.

Secouant la tête, Carmen emboîta le pas à Blake, le chef d'écurie, à travers les impressionnants bâtiments.

— Mais j'ai travaillé avec des chevaux danseurs, ajouta-t-elle.

— Des chevaux *danseurs* ?

Blake laissa échapper un petit rire moqueur. Il devait s'imaginer que Carmen s'était trompée de terme – n'avait-elle pas un fort accent espagnol ?

— Tu veux parler de dressage ?

Carmen haussa les épaules. Ce n'était pas le moment de révéler l'étendue de ses compétences !

— En quelque sorte..., répondit-elle.

— Peu importe, répliqua Blake. Il nous faut quelqu'un pour rester sur place les jours de match.

Il s'interrompit pour interpeller l'un des valets d'écurie, occupé à faire sortir les chevaux de leurs box.

— Domitian est déjà dehors ! lui lança-t-il.

Se tournant vers Carmen, Blake expliqua :

— C'est un étalon qui nous pose quelques problèmes. Habituellement, le patron le sort dans la soirée. Mais aujourd'hui, il préférait que Domitian se défoule avant l'arrivée du vétérinaire.

N'ayant pas prévu de faire de l'équitation pendant son séjour aux États-Unis, Carmen ne s'était pas munie de son équipement. Elle avait trouvé un affreux pantalon de toile dans une solderie, ainsi que des santiags fatiguées un peu trop grandes pour elles. Heureusement que les murs de l'écurie étaient dépourvus de miroirs !

Pour compléter sa tenue, elle avait enfilé son T-shirt favori, affichant en travers de sa poitrine : NO BAILO (je ne danse pas). Sa plus grosse dépense avait été consacrée à une paire de gants en cuir, neufs.

Curieusement, même si elle avait pris soin de taire ses compétences de cavalière, jamais Carmen ne s'était sentie autant à sa place. Décidée à obtenir ce job, elle avait résilié la location de son petit appartement et emporté toutes ses affaires. Le sac à dos, bourré à craquer, déposé dans un coin du bureau, était censé signaler au fameux Blake qu'elle avait brûlé ses vaisseaux et n'avait pas de solution de repli.

Pour l'instant, l'homme hésitait. Manifestement, il doutait de sa capacité à gérer des chevaux fougueux et hors de prix.

— Tu pèses... combien... ? Environ cinquante kilos ?

S'il y avait un univers où il n'était pas discourtois de demander son poids à un postulant, c'était celui du cheval !

Carmen fut empêchée de répondre par l'apparition d'un étalon à la robe fumante, d'un noir de jais, monté par un fier cavalier que Blake salua.

— Salut, Elias ! Comment s'est-il comporté ?

— À ton avis ?

La brutalité du ton arracha Carmen à la contemplation du superbe animal. Elle leva les yeux vers celui qui le montait, et le reconnut sur-le-champ. L'homme qu'elle avait vu à l'hôtel !

Heureusement, absorbé par la difficulté à maîtriser sa monture, il ne lui prêta aucune attention.

Ainsi, il s'appelait Elias, et c'était le propriétaire des écuries. Leur interaction fugitive, le soir de la réception, devait impérativement tomber aux oubliettes !

Le magnifique cheval avança la tête vers elle en reniflant.

— *Holà, caballo*, dit-elle doucement.

L'animal souffla longuement, avant d'approcher davantage la tête. Instinctivement, elle tendit une main.

— *Holà, guapo*, murmura-t-elle. Salut, beau gosse.

Mais elle n'avait pas touché les naseaux, qu'Elias tirait sur les rênes.

— Prenez garde ! aboya-t-il.

Carmen retira la main, s'apprêtant à protester qu'elle ne voulait aucun mal à l'animal, quand elle vit les yeux sombres se plisser en signe d'avertissement. De toute évidence, ledit Elias ne l'avait pas reconnue, et elle en fut soulagée.

Ce fut Blake qui se chargea de justifier la mise en garde d'Elias.

— Dom est du genre vicieux, dit-il. Il a l'habitude de mordre, et tes gants n'auraient pas suffi à te protéger.

Se tournant vers Elias, il ajouta :

— Cette jeune personne se porte candidate au poste de palefrenier. Mais elle n'a pas la moindre expérience du polo, et elle doit peser moins de cinquante kilos toute mouillée...

— Je ne suis pas « une jeune personne », s'interposa Carmen, et je pèse un peu plus de cinquante kilos. À sec.

Au lieu de s'offusquer d'avoir été rabroué, Blake la gratifia d'un large sourire. Enfin elle retrouvait le monde auquel elle était habituée !

Celui qui ne souriait pas, en revanche, c'était Elias. Sa mâchoire contractée semblait taillée dans le plus dur granit.

4

Carmen ne tarda pas à se rendre compte qu'Elias ne trouvait guère d'intérêt à son rôle de guide. Elle n'en prit pas ombrage.

Au cours de la visite, ils passèrent à proximité de Laura, occupée à tenir la patte d'un cheval pour le maréchal-ferrant. Gratifiant Carmen d'un chaleureux sourire, elle indiqua à Elias que la nouvelle recrue serait logée dans les combles.

— Au *grenier* ? s'étonna Carmen.

Ne se donnant pas la peine de répondre, Elias s'enquit :

— Vous êtes capable de sortir combien de chevaux en même temps ?

— Quatre, répondit Carmen. Cinq, si j'ai appris à les connaître.

— Vous commencerez avec trois.

Il était manifeste qu'il ne lui faisait pas confiance.

Pour finir, Elias lui montra le bureau où un tableau électronique gérait les rations de nourriture et tous les soins à donner aux pensionnaires des écuries. Par une porte, Carmen eut un aperçu d'une pièce évoquant le siège social d'une entreprise.

— Je suppose que c'est votre bureau personnel, fit-elle.

Elias se contenta de fermer la porte. Il n'aurait pu indiquer plus clairement que sa vie privée était territoire défendu.

Zone interdite !

Depuis le samedi précédent, l'image de la jeune beauté aux cheveux de jais n'avait pas quitté l'esprit d'Elias. Il l'avait reconnue au premier coup d'œil ! Découvrir que Blake l'embauchait avait été un choc. Mais quelle raison aurait-il eue de s'y opposer ? L'inavouable attirance qu'elle lui inspirait ?

Qu'il s'agisse de son sourire, de l'incident qu'elle avait provoqué, de ces quelques secondes de complicité lorsqu'il était sorti prendre l'air... tout restait gravé dans sa mémoire.

Le problème n'était pas qu'il ressente de l'attirance pour une simple employée d'écurie – Elias était tout sauf snob. Non, ce qui l'ennuyait, c'était que cela contrevenait à la promesse qu'il s'était faite de ne jamais rien éprouver de tel pour qui que ce soit.

— Elle ne pourra rester que six semaines, mais cela nous laisse le temps de trouver quelqu'un pour prendre sa suite, avait ajouté Blake. Après le désastre provoqué par Martin, je préfère agir avec prudence, et bien choisir.

Elias avait approuvé d'un hochement de tête. Habituellement, il laissait à Blake une entière initiative pour gérer le personnel de l'écurie. Quand celui-ci avait demandé, comme un service, qu'Elias fasse visiter le domaine à la nouvelle venue, il n'avait su comment refuser.

— La plupart des chevaux sont dehors, au paddock, expliqua Elias. Ceux qui restent ne tarderont pas à y être conduits.

Manifestement, le pas d'Elias était familier aux pensionnaires de l'écurie, car les têtes passaient au-dessus des portes comme pour le saluer.

— Voici Winnie, dit-il en donnant une pomme à l'un d'eux. Elle est l'une de nos meilleurs poneys. Je la monte lors du premier et du quatrième *chukkas*.

Carmen ouvrit des yeux ronds.

— Je n'ai aucune idée de ce que peut bien être un... *chukka*, fit-elle. Et Winnie est une jument, pas un poney.

— Au polo, tous les chevaux sont appelés des poneys. Et le *chukka* est une période de jeu d'une partie.

Ils gagnèrent l'entrée du bâtiment, passant devant plusieurs box. Elias désigna les tablettes fixées à côté des portes.

— Vous pouvez vérifier s'ils ont été nourris sur ces tablettes. Il ne faut pas oublier d'effectuer une mise à jour, sinon ils peuvent avoir double ration.

— Bien sûr.

— Ce n'est pas compliqué..., il suffit de rentrer l'information sur l'écran comme ceci...

Carmen réprima un sourire en voyant Elias lui faire une démonstration.

— Je pense que je devrais m'en sortir. Mais je vous suis... *reconnaissante* de m'initier à ces nouveaux outils.

Carmen fut un peu surprise de voir Elias s'engouffrer dans un box sans même l'attendre, et elle l'y rejoignit au plus vite.

— Voici Capricorn, dit-il en caressant l'encolure d'une jument pur-sang grise, manifestement pleine.

Le vétérinaire était occupé à l'examiner.

— Approchez, déclara Elias. Si vous travaillez ici, vous passerez pas mal de temps avec elle.

— *Holà, mi belleza*, souffla Carmen.

Elle tendit la main vers l'animal. En reniflant, la jument vint poser ses naseaux au-dessus des gants, sur sa peau.

Il s'en fallut de peu que Carmen n'éclate en sanglots. Cela faisait six semaines qu'elle était privée de tout contact avec des chevaux, et elle avait tout à coup l'impression d'avoir traversé un long tunnel sans nourriture ni contacts humains...

— Elle est agitée, déclara Elias à l'intention du vétérinaire. Je me fais du souci pour elle.

— Peut-être est-ce parce qu'elle s'ennuie, rétorqua l'homme. L'entraînement doit lui manquer.

Il écouta le cœur de la jument, puis celui du poulain.

— Combien de semaines lui reste-t-il avant de mettre bas ? s'enquit Carmen.

— Huit semaines.

— C'est la première fois qu'elle est pleine, non ?

Le vétérinaire tourna un regard étonné vers Carmen, et Elias l'imita. Comme c'était habituellement le cas lors d'une première gestation, Capricorn ne donnait pas l'impression d'en être à un stade aussi avancé. Manifestement, Carmen connaissait son sujet. Mais ce qui surprit Elias, ce fut de voir le vétérinaire, du genre taciturne, lui répondre de bonne grâce.

— Oui. Mais même si elle le cache bien, son poulain fait déjà une bonne taille.

L'homme poursuivit, donnant à Carmen toute une série d'informations sur le gabarit et la position du poulain, et répondant aux questions fort pertinentes qu'elle lui posait.

Elias n'en revenait pas. L'assurance et le niveau de connaissances de la jeune femme étaient surprenants chez quelqu'un cherchant à se faire embaucher au poste subalterne de valet d'écurie.

— Capricorn était l'une de nos vedettes, expliqua-t-il. Il est clair qu'elle déprime d'être mise sur la touche. Elle apprécierait un peu d'exercice, sans forcer.

— Je pourrais la faire marcher le long de la plage, suggéra Carmen. Cela ferait du bien à ses articulations, et...

— Elle n'aime pas beaucoup ça, s'interposa Elias. Depuis que ce sagouin de Martin...

Il s'interrompit brusquement en haussant les épaules.

Carmen avait suivi Elias et le vétérinaire jusqu'au box de Domitian, mais il lui fut interdit d'y pénétrer. Pour s'occuper, tandis qu'elle attendait à l'extérieur, elle fit défiler sur son téléphone les dernières photos reçues d'Andalousie. On y voyait avant tout la petite Josefa.

— Carmen !

Levant les yeux, elle se rendit compte que son nouveau patron la fusillait d'un regard courroucé.

— Si vous pouvez vous arracher à la contemplation de votre portable, ajouta-t-il, allez donc seller Winnie. Et soyez sur vos gardes, elle a l'habitude de mordre.

— Très bien, acquiesça Carmen.

Depuis la cour, Laura intervint :

— Tu as l'intention de lui faire monter Winnie ? Tu sais qu'elle a un tempérament plutôt fougueux, non ?

— Pas de problème ! lança Carmen. Moi aussi !

Comme elle l'avait annoncé, elle se débrouilla magnifiquement avec la jument.

— Où avez-vous travaillé, avant ? lui lança Elias, visiblement impressionné.

— Dans un palace de Los Angeles.

— Je voulais dire, dans quelles écuries ? insista-t-il.

— Oh ! un peu partout, en Espagne... Mais j'ai déjà expliqué tout ça à Blake.

— Et vous n'avez aucune expérience du polo ?

— Pas la moindre. Ça aussi, je l'ai dit à Blake.

En son for intérieur, Carmen se félicita. Après la façon dont elle s'était débrouillée avec Winnie, le job ne pouvait lui échapper. Elle ne se trompait pas.

— Suivez-moi, lui dit Elias, je vais vous montrer votre logement.

En chemin, il désigna du doigt un bâtiment dont il expliqua qu'il avait autrefois servi d'école d'équitation.

— Ça me rappelle l'endroit où j'ai pris mes premières leçons, observa Carmen en souriant.

Il était clair qu'Elias n'avait que faire de ses confidences, car il poursuivit sa route d'un pas décidé.

Ils passèrent devant le terrain de polo. Puis il lui montra les carrières, indiquant qu'elle y ferait travailler les pensionnaires de l'écurie. Enfin, ils arrivèrent devant une haute construction en bois qui avait connu des jours meilleurs. Sa vétusté avait même quelque chose de surprenant, comparée à la splendeur du reste du domaine.

À l'arrière se trouvait une cuisine d'été, sous un porche.

— Les employés y préparent les repas à tour de rôle, expliqua Elias en effaçant sur la grande ardoise un nom que Carmen supposa être celui de son prédécesseur.

— Pour ce soir, vous serez dispensée de cette corvée, conclut-il.

— J'espère bien !

Détaillant la liste des participants, Carmen fut envahie par un sentiment de panique : il lui faudrait assurer le repas de toute la troupe chaque lundi soir !

— Laura vous expliquera tout ça, reprit Elias. Je sais qu'il est de règle de prévoir une quantité suffisant pour le déjeuner du lendemain.

D'un geste de la main, il désigna une porte de guingois.

— C'est là-haut que vous habiterez. Dans les combles.

— Vous ne me faites pas visiter ?

— Je suis sûr que vous trouverez. Généralement, le grenier est au dernier étage...

Elias ne pouvait se résoudre à pénétrer dans ce lieu. Il n'y avait pas mis les pieds depuis cinq ans.

Depuis le soir où Seraphina...

Il était hors de question qu'il conduise Carmen jusqu'à l'appartement mansardé !

En dépit du chaud soleil du matin, il frissonna, essayant de repousser des images importunes : celles du moment où il avait émergé de la salle de bains du bâtiment, une serviette nouée autour des reins, inconscient que Seraphina l'attendait, prête à trahir son jeune mari avec le jumeau de celui-ci...

Un flot de bile envahit son estomac au souvenir du geste qu'il avait fait pour effacer de sa bouche le rouge à lèvres que sa belle-sœur y avait laissé en essayant de l'embrasser. Une fois le choc surmonté, il avait ramassé ses affaires pour quitter les lieux. Laura était entrée à ce moment.

— Tu t'en vas ? s'était-elle étonnée.

— Oui, je vais habiter ailleurs, jusqu'à ce que la rénovation de mon ranch soit terminée, avait-il répondu.

Elias n'avait pu manquer de percevoir le changement d'expression de Laura, découvrant Seraphina sur ses talons.

Un claquement de porte eut l'heureux effet de l'arracher à ces sinistres pensées. Carmen était redescendue des combles.

— Il est temps que je retourne travailler, dit-il après un coup d'œil à sa montre. Mon autre bureau se trouve à Los Angeles.

Le détaillant de la tête aux pieds, la nouvelle recrue répliqua :

— Et vous y allez dans cette tenue ?

Surpris par son impertinence, Elias lui sourit.

— En parlant de tenue, dit-il, Laura vous fournira l'uniforme de l'écurie.

— J'imagine que cela confirme mon embauche, mais...

Carmen fit un geste du pouce par-dessus son épaule :

— Mais ce bâtiment devrait être condamné. C'est un taudis.

— Je suis désolé si la mention « hébergement compris » ne correspond pas à ce que vous espériez.

— Pas grave, répliqua Carmen, insensible à l'arrogance du ton. Je suis ravie d'accepter ce job. Sauf que je ne pourrai pas commencer sur-le-champ. Si je dois dormir ici ce soir, il va falloir m'accorder le temps de faire un peu de ménage.

Jamais Elias n'avait rencontré une femme du genre de Carmen. Elle lui tenait tête avec un incroyable aplomb. Dans le cas présent, elle n'avait pas tort : l'endroit était déjà dans un état déplorable cinq ans auparavant.

— Ne vous donnez pas cette peine, fit-il. Je demanderai à ma gouvernante de se charger de la tâche.

— C'est parfait, alors. En même temps, pourriez-vous faire apporter des draps propres ? J'ai l'impression que mon prédécesseur ne les avait pas changés depuis un bon moment.

— Bien sûr. Je suppose, donc, que vous acceptez le poste ?

— Tout à fait. Merci de me donner cette chance.

— Vous êtes la bienvenue.

Sur le point de tourner les talons, Elias songea qu'il restait un sujet dont il préférait se débarrasser sans attendre. Regardant Carmen en face, il ajouta :

— Encore une chose... Ne croyez-vous pas que nous ferions mieux d'aborder l'épisode de l'autre soir ?

Carmen sentit la respiration lui manquer. Elle avait vraiment cru qu'Elias ne l'avait pas reconnue. Ou qu'il l'avait oubliée.

— Je ne vois pas ce qu'il y a à en dire, répliqua-t-elle.

— Je m'efforce de garder une barrière étanche entre ma vie à Los Angeles et ma vie ici.

Faisait-il référence aux conversations que Carmen avait surprises ?

— L'hôtel fait signer un accord de confidentialité, dit-elle. Vos secrets sont en sécurité avec moi. Une autre question ?

— Une seule : que signifie NO BAILO ?

Se sentant devenir écarlate, Carmen voulut se persuader que le soleil californien était seul responsable de l'onde de chaleur qui l'envahissait. Cela n'avait certainement rien à voir avec le regard d'Elias la parcourant de haut en bas, avant de revenir se fixer sur son visage. Ni avec le souvenir de son torse dénudé.

Oui, ce ne pouvait être que les effets du soleil ! Car elle n'avait jamais ressenti pareille émotion. Aussi préféra-t-elle revenir à la question d'Elias.

— Ça signifie que je ne danse pas.

Bien qu'Elias ait acquiescé d'un signe de tête, il y avait dans ses yeux une lueur disant qu'il n'en croyait rien.

Le regardant s'éloigner, Carmen se demanda pourquoi, diable, elle se sentait à ce point différente de d'habitude…

5

— Une paella, déclara Carmen d'un ton assuré quand on lui demanda ce qu'elle prévoyait de cuisiner le lundi suivant.

En attendant, ce soir-là, c'était pizza pour tout le monde. Quant aux discussions animées, elles avaient pour objet de faire plus ample connaissance avec la nouvelle venue, et d'échanger des renseignements sur la vie des écuries.

Carmen se glissa avec plaisir dans une atmosphère qui lui était familière, grappillant des bribes d'informations.

— Qu'est-ce que le véto a dit au sujet de Dom ? demanda John, l'un des garçons d'écurie.

— Il sera castré..., répondit Laura.

— Le plus tôt sera le mieux ! s'exclama l'homme.

Laura soupira longuement.

— Elias veut encore le faire travailler, dit-elle. Il ne perd pas espoir d'en faire un reproducteur.

— Eh bien, *moi*, je ne me charge pas de lui ! protesta John. Et il n'y aura que Blake et Elias pour le monter.

— Blake n'est pas là ? s'étonna Carmen.

— Il a son propre cottage sur le domaine.

— Je suppose que c'est plus confortable qu'ici..., pouffa Carmen.

Fronçant les sourcils, Laura la reprit :

— J'imagine que tu as connu pire, non ?

Se rappelant quelle était sa position, Carmen songea que cela devait être évident pour tout le monde. Haussant les épaules, elle marmonna :

— Sans doute...

Mais elle était certaine que ses propres employés auraient protesté haut et fort si elle les avait logés dans des conditions aussi précaires.

— Elias ne semble pourtant pas hésiter à la dépense, s'agissant de ses chevaux ou de lui-même..., ajouta-t-elle.

De la lucarne de son misérable studio mansardé, elle avait eu un aperçu du ranch somptueux où il résidait.

— Il nous rémunère généreusement, objecta Laura. Et il n'a pas hésité à habiter ici, lui aussi.

— Dis plutôt qu'il a *essayé*, s'indigna John. Il lui a suffi d'un coup d'œil pour trouver refuge dans un palace.

— C'est faux ! Il est parti quand Seraphina...

Laura s'interrompit, l'air gêné, comme sur le point d'en dire trop. Après une fraction de seconde, elle enchaîna :

— Enfin, peu de temps avant la mort de Joel...

C'était d'un ton brusque que Laura avait coupé court à la discussion. Elle se leva, annonçant à la ronde :

— C'est mon tour d'aller fermer les box pour la nuit.

— Je t'accompagne, offrit Carmen. Ce sera bientôt à moi de le faire.

Tandis qu'elles gagnaient ensemble les écuries, Laura déclara :

— Ne fais pas attention à John. Il est persuadé que j'ai le béguin pour Elias.

— Et c'est faux ? questionna Carmen en souriant.

Laura éclata de rire.

— C'est le cas pour toutes les femmes ! fit-elle.

Les lieux étaient bien plus calmes que dans la journée. Carmen constata que Dom avait été sorti, et tous les autres chevaux étaient au repos. Seule Capricorn arpentait son box.

— Ça lui ferait du bien d'aller marcher sur la plage, dit-elle. Le véto a dit que c'était une bonne idée.

— Et quand est-ce que je trouve du temps pour ça ? protesta Laura. Martin le faisait. C'était lui qui était en charge de Capricorn, mais il a été viré.

— Ah bon, pourquoi ?

— Parce qu'Elias l'avait surpris à la brutaliser.

Il n'était pas étonnant que le propriétaire de la jument utilise un vocabulaire assez cru en parlant de cet homme ! songea Carmen.

— Je vais aller lui faire faire un tour au bord de l'eau, et je la soignerai en rentrant, dit-elle. Tu peux aller te coucher.

Une fois que Laura lui eut montré le sentier vers à la plage, Carmen s'y engagea avec la jument dont elle sentait l'état de tension. Elias avait raison de se faire du souci pour elle.

— Ça va aller, ma belle, lui susurra-t-elle. Il faut que tu te reposes, si tu veux que tout se passe bien quand tu auras ton bébé. Ce n'est pas le moment de...

Carmen s'interrompit en découvrant Dom et Elias.

— Mais qu'est-ce qu'il fiche là ? demanda-t-elle à Capricorn, comme si celle-ci allait lui répondre.

— Mais qu'est-ce qu'elle fiche là ? s'interrogea Elias, revenant au galop avec Dom, et découvrant Carmen qui marchait avec Capricorn le long de la plage.

Cependant, s'il remit le pur-sang au pas ce ne fut pas seulement de crainte de perturber la trop émotive jument.

Elias s'en voulait de s'être montré aussi brusque avec

Carmen le matin même. La balade avec Dom lui avait éclairci les idées, et il avait à cœur de redresser la barre.

— Salut ! lança-t-il en approchant de la jeune femme. Je ne m'attendais pas à vous trouver là...

— Capricorn était nerveuse, et j'ai pensé qu'une promenade lui ferait du bien. Et puis...

Carmen désigna de la main l'horizon que le couchant teintait de couleurs somptueuses.

— Vous vivez dans un endroit magnifique, ajouta-t-elle.

— C'est vrai, acquiesça Elias.

Mettant pied à terre, il fit marcher Domitian à côté de la jument.

— Alors, est-ce que l'état de votre logement s'est amélioré ? demanda-t-il.

— C'est mieux. Votre gouvernante a été très efficace.

Manifestement peu encline à se répandre en remerciements, Carmen s'était malgré tout fendue d'un petit sourire.

Pendant quelques instants, la conversation languit. Puis Carmen attaqua le sujet des prochaines demi-finales de polo.

— J'ai cru comprendre que vous aviez une nouvelle équipe...

— Oui, depuis trois ans.

— Et vous avez une chance de gagner ?

— Tout à fait ! Enfin, c'est ce que je dis à mes équipiers.

— Avec moi, vous pourriez être sincère, non ?

Elias appréciait modérément d'être mis au pied du mur. Mais, la sérénité de Domitian avait quelque chose de communicatif – pour une fois, l'étalon cheminait paisiblement. La nuit californienne était superbe. Et cette question n'avait rien de menaçant.

— Nous n'avons pas la moindre chance ! lâcha-t-il avec un petit rire. Je me demande même comment nous sommes arrivés à ce stade de la compétition. Si nous en sortons vainqueurs, nous affronterons mon ancienne équipe, en finale.

Au fond de lui, Elias n'avait aucune envie d'y parvenir.

Si cela arrivait, Seraphina ne manquerait pas d'assister au match. Avec répugnance, il se la figurait en train de minauder, le gratifiant de ses sourires mielleux, battant des cils sur ses prunelles bleues à l'innocence factice...

Comme si elle avait complètement oublié les avances qu'elle lui avait faites. *Et qu'elle continuait à lui faire !*

Ce qui rajoutait au malaise d'Elias, c'était qu'il n'y avait personne dans son entourage avec qui en discuter.

— Il se fait tard, dit-il. Je ferais mieux de ramener Dom.

Carmen hocha la tête.

— À demain, dit-elle.

— Non, demain je serai au bureau.

Clignant des yeux face aux derniers rayons du soleil, la jeune femme mit une main en visière, fronçant les sourcils.

— À Los Angeles ? fit-elle. Là où se traitent les affaires... *sérieuses* ?

— Exactement.

— Alors..., bon courage...

Lorsque Carmen regagna les écuries avec Capricorn, Elias était déjà parti. Suffisamment fatiguée, la jument ne fit aucune difficulté pour s'installer paisiblement pour la nuit.

Une fois le box verrouillé, Carmen s'apprêta à quitter les lieux. Puis elle changea d'avis, et gagna la dernière des stalles. Celle de Domitian.

Elle y entra en parlant très doucement à l'animal, et sans le regarder. Il s'approcha d'elle, et fit ce que Carmen avait attendu le matin : baissant la tête, il renifla sa main.

Blake lui avait fait remarquer que ses gants ne la protégeraient guère si le pur-sang la mordait, et il avait raison. Aussi dénuda-t-elle sa main tendue.

— *Ah, mi guapo. Eres amable ?* susurra-t-elle.

C'était d'une voix très douce que Carmen avait complimenté l'animal, avant de lui demander s'il avait l'intention de se montrer aimable. Il répondit en soufflant.

Avec un rire étouffé, Carmen lui glissa un secret à l'oreille :

— Je crois que j'ai moins peur de toi que de ton maître...

Pour être honnête, elle se devait d'admettre que ce qui l'effrayait, c'étaient les émotions inconnues que ce dernier faisait naître en elle...

Avec un petit coup de museau contre sa main, Dom réclama son attention.

—Serais-tu en train de quémander une friandise ? demanda-t-elle.

Pour la première fois, Carmen se risqua à regarder Dom bien dans les yeux, qu'il avait d'une belle couleur noisette.

— C'est bien, lui dit-elle en le caressant pour lui montrer que ce contact visuel n'avait rien d'une mise à l'épreuve. Je comprends que ton maître continue à espérer te dresser.

Cependant, Elias n'avait pas tort : seules des personnes suffisamment expérimentées pouvaient s'y risquer.

Ne l'était-elle pas, elle-même ?

Alors, pourquoi n'essaierait-elle pas de le faire travailler ?

Non ! Carmen repoussa cette idée.

Si elle était venue en Californie, ce n'était pas pour redevenir Carmen Romero !

— Demain, je t'apporterai une friandise, dit-elle au somptueux étalon. Et je vais faire de toi mon projet.

Après tout, discipliner un étalon farouche semblait un défi moins périlleux que de se laisser prendre à l'attraction qu'Elias exerçait sur elle.

6

Carmen avait le sentiment que la vie reprenait un cours normal depuis qu'elle travaillait à nouveau avec des chevaux.

Chaque matin, elle se réveillait sur un matelas des plus inconfortables, au son des ébats de Laura et John à l'étage inférieur. Fort heureusement, c'était toujours une affaire rondement expédiée – et sans cela, Carmen ne se serait pas doutée que ces deux-là étaient en couple.

Ensuite, après avoir enfilé le jodhpur de couleur crème et le polo noir qui constituaient l'uniforme de l'écurie, elle faisait un brin de toilette et nouait sa queue-de-cheval, avant de descendre avaler un café avec les autres employés.

En général, lorsque toute la troupe gagnait les écuries, Elias était déjà parti entraîner Dom. Il n'était pas rare que Carmen entende Blake marmonner qu'il serait temps que le patron prenne la décision qui s'imposait au sujet de « ce cas désespéré », et nombreux étaient ceux qui approuvaient.

Carmen n'était pas de cet avis. Aussi souvent que possible, elle s'arrangeait pour glisser quelque friandise à Dom, s'introduisant dans son box en notant avec satisfaction qu'il s'habituait à elle.

Tandis qu'elle trottait avec Winnie, entraînant deux autres chevaux après elles, le long d'un sentier bordé d'arbres,

Carmen se fit la réflexion qu'elle adorait ces petits matins où le ciel lavande virait progressivement au bleu quand le soleil montait à l'horizon. Pour la première fois depuis la mort de son père, elle respirait librement. Pour tout dire, Carmen n'avait jamais vraiment été en paix avec elle-même. Elle ne s'était jamais sentie à sa place...

Certains de ceux qu'elle appelait ses « amis » ne faisaient pas mystère de ne l'apprécier que parce qu'elle leur permettait de profiter des retombées de la fortune des Romero. Quant à sa famille... Bien sûr, elle adorait ses frères. Mais si seulement ils avaient pu cesser de l'inciter à nouer des relations d'amitiés avec leurs épouses respectives !

Quelques semaines avant son départ de Jerez, Carmen s'était même accrochée à ce sujet avec Sebastián.

— Es-tu seulement certain qu'Anna t'aurait épousé si tu n'étais pas un Romero ? avait-elle demandé avec brusquerie.

— Si tu veux le savoir, Carmen, Anna m'aime *en dépit* de mon appartenance à notre clan, avait martelé son frère.

Repoussant ce souvenir, Carmen inspira le parfum de la terre, et retrouva toute sa sérénité. Puis, comme cela lui arrivait souvent, ses pensées dérivèrent vers Elias...

Soupirant longuement, elle fit faire demi-tour à sa petite équipe, reprenant le chemin des écuries.

En Espagne, elle avait eu plusieurs petits amis – la plupart soigneusement choisis par son cher *papá* ou ses frères. Pour aucun elle n'avait éprouvé ce que l'on peut véritablement qualifier d'attraction : cet émoi presque douloureux à la vue d'un épiderme dénudé ; la façon dont l'image d'un grain de beauté sur une épaule musclée s'imprimait dans votre esprit...

Carmen décida qu'elle ferait mieux de se rappeler qu'elle s'était juré ne plus avoir affaire à la gent masculine.

Sortant son téléphone de sa poche, elle appela Alejandro. Avec le décalage horaire, c'était l'après-midi à Jerez.

— Comment ça va, aux USA ? questionna-t-il.

— Mieux, depuis que je m'occupe à nouveau de chevaux, répondit Carmen.

— Je savais qu'ils ne tarderaient pas à te manquer. Et la vie de palefrenier, tu t'y fais ?

— C'est un peu frustrant, mais ça me plaît.

Lui confiant le travail qu'elle avait entrepris secrètement avec Dom, Carmen déclara :

— Si le patron décide de le faire castrer, je me démasque et j'achète l'animal. Je veux l'accoupler avec Presumir.

Ils parlèrent ensuite de la petite Josefa, et Alejandro reprocha à Carmen de ne pas avoir accusé réception de la dernière vidéo envoyée par Emily.

— J'ai beaucoup de travail, protesta Carmen. Par-dessus le marché, c'est moi qui cuisine pour tout le monde, ce soir.

— Les malheureux !

— Au lieu de te moquer, est-ce que tu sais faire la paella ?

— C'est facile. Appelle le chef, et dis-lui que tu veux une paella. N'oublie pas de préciser le nombre de convives !

Ces railleries eurent le don de faire sourire Carmen. Mais elle changea de physionomie quand son frère fit dévier la conversation sur Elias.

— J'ai fait quelques recherches sur ton nouveau patron, indiqua Alejandro. Tu ferais mieux de t'en tenir à distance. Sa réputation est pire que ne l'était la mienne...

— *Lo dudo !* s'exclama Carmen. J'en doute fort.

Haussant les épaules, elle pénétra dans la cour des écuries et mit pied à terre, remerciant John d'un signe de tête car il prenait les deux chevaux attachés à Winnie.

— Tu peux me croire, renchérit Alejandro. D'après ce que j'ai vu, il a une petite amie qui l'accompagne aux réceptions...

— Passe-moi les détails, tu veux bien ? De toute façon, je ne crois pas qu'il adresserait la parole à une modeste palefrenière telle que moi.

— Pas faux ! s'esclaffa Alejandro.

Elias faisait tout son possible pour éviter sa nouvelle employée d'écurie. Malheureusement, il semblait que la ravissante Carmen soit partout à la fois !

Toute l'équipe l'adorait. Peut-être parce qu'elle montrait suffisamment de cran pour se risquer à nourrir Dom. Elias l'avait interpellée vertement alors qu'elle sortait du box de l'étalon.

— Qu'est-ce que vous faites là ? Au moins, contentez-vous de déposer le seau de nourriture à terre, et ressortir.

— Pourquoi ? Vous n'aimez pas qu'on vous fasse la conversation pendant que vous mangez ?

Cette fille n'hésitait pas à se montrer insolente, et Elias ne pouvait s'empêcher d'aimer ça – à plus forte raison lorsque ses reparties cinglantes s'accompagnaient d'un regard de défi, lancé de sous sa frange.

Or, ce matin, elle lui adressait ce même regard. Sans interrompre la conversation qu'elle menait sur son téléphone, elle avait fait entrer Winnie dans sa stalle avec une petite tape sur la croupe.

La rejoignant en quelques enjambées, Elias l'admonesta :

— Vous oubliez qu'elle pourrait vous donner un coup de pied !

— Les ruades, c'est pour les ânes, répliqua Carmen en riant.

Refermant la porte sur Winnie, elle reprit sa conversation avec Alejandro tout en se dirigeant vers le box de Capricorn.

Apparemment, Elias n'avait pas apprécié sa plaisanterie.

— Carmen ! aboya-t-il. Est-ce que vous pourriez éteindre votre portable quand je vous parle ?

— Je ferais mieux de te laisser, dit-elle à son frère en espagnol.

— Cet homme ne sait pas à qui il a affaire, rétorqua Alejandro en riant. *Luego !*

Carmen empocha son portable. Cependant, il semblait qu'Elias n'en avait pas fini avec elle.

— Qu'est-ce que ça veut dire, « les ruades, c'est pour les ânes » ? s'enquit-il d'un ton âpre.

— Je plaisantais, répondit Carmen en haussant les épaules.

Elle ne s'était même pas donné la peine de se tourner vers lui, continuant à vérifier l'état de Capricorn.

— Très drôle ! persifla Elias. Vous feriez mieux de vous tenir sur vos gardes.

— Je suis *toujours* sur mes gardes.

Carmen avait conscience d'avoir répondu un peu vertement, mais elle faisait des efforts démesurés pour ne pas rougir sous le regard d'Elias. Décidément, elle était bien trop sensible à la présence de cet homme !

Les play-boys n'étaient franchement pas sa tasse de thé ! Et elle n'avait pas eu besoin que son frère l'avertisse pour se rendre compte qu'Elias Henley appartenait à cette catégorie.

— Je ne tiens pas à ce que mes employés se blessent par négligence, insista Elias.

Pinçant les lèvres, Carmen répliqua :

— Je ne suis jamais négligente dans mon travail. Mais je tiendrai compte de vos avertissements. Je vous remercie.

— Très bien. Je vais sortir Dom.

Elias tourna les talons, et Carmen lui tira la langue, dans son dos. Elle le vit se raidir, comme s'il avait conscience de ce qu'elle venait de faire. Lorsqu'il se tourna dans sa direction, elle le gratifia d'un sourire factice.

— Quelque chose ne va pas, Carmen ?

— Non, rien... C'est juste que... Je sais *parfaitement* comment me comporter avec un cheval. Et si je fais preuve de confiance en moi, c'est parce que...

Elias ne lui laissa pas le temps de trouver ses mots. Pointant vers elle un index belliqueux, il martela :

— Il y a une différence entre faire preuve de confiance et d'arrogance. Et, à l'avenir, dispensez-vous d'utiliser votre fichu portable quand vous êtes dans la cour. Surtout, quand je suis sur le point de sortir Dom !

Pivotant sur les talons de ses bottes cavalières, Elias s'éloigna. Carmen se tourna vers Capricorn.

— Les hommes ! lui dit-elle une fois que son patron se fut éloigné. Tu sais quoi ? Si c'était moi la patronne et qu'il faisait partie de mon équipe... je le flanquerais à la porte.

Cette idée la fit sourire, puis elle plongea son regard dans les douces prunelles noisette, et ajouta :

— Non, je ne l'aurais même pas embauché. Il joue trop au beau gosse !

Elle avait susurré ces paroles d'une voix douce, pour tâcher de calmer Capricorn qui s'agitait en entendant le vacarme fait par Dom sortant de sa stalle.

Le calme revenu dans l'écurie, Carmen se reprocha d'avoir été impolie. Après tout, Elias avait seulement cherché à mettre en garde celle qu'il prenait pour une débutante, sans se douter de son niveau d'expertise.

Certes, il lui avait reproché son arrogance. Mais pouvait-elle nier que c'était l'un de ses plus grands défauts ? Devait-elle aller lui présenter des excuses ?

Prenant dans son sac la boîte contenant son déjeuner,

Carmen se dirigea vers le pré où elle savait trouver Domitian en train de galoper, tandis qu'Elias le contemplait, accoudé à la barrière.

— Excusez-moi, si j'ai été incorrecte, tout à l'heure, lâcha-t-elle entre ses dents comme elle arrivait à sa hauteur.

— Pardon ? fit-il.

Il faisait simplement semblant de ne pas avoir entendu, s'agaça Carmen.

— Je vous présente mes excuses, redit-elle d'une voix plus claire. Vous cherchiez juste à me mettre en garde, et je vous en suis reconnaissante. Mais je gardais un œil sur Winnie ...

— Excuses acceptées. Sauf que vous feriez mieux d'avoir les deux yeux sur Winnie, quand Dom est dans les parages.

— Vous pouvez être sûr que je n'aurais pas sorti mon téléphone si j'avais eu affaire à lui.

Carmen ôta ses gants pour ouvrir sa gamelle.

— Ce sera mon tour de faire la cuisine, ce soir, dit-elle.

— Qu'avez-vous prévu de cuisiner ?

— Une paella.

— Ils vont se régaler !

S'efforçant de dissimuler son inquiétude, Carmen soupira.

— En tout cas, ils sont impatients d'y goûter...

Tournant son regard vers le cheval, elle oublia ses préoccupations en le voyant caracoler.

— Est-ce qu'il a déjà été soumis à du dressage ? demanda-t-elle.

— Oui, se contenta de répondre Elias.

Se détournant de Dom, il reporta son attention sur les avant-bras de Carmen, appuyés à la rambarde.

Elle était vraiment ravissante ! Pourquoi diable fallait-il que la simple vision de ses doigts longs et minces suffise à ce que lui vienne l'envie de découvrir d'autres parties de son corps ?

Bon sang ! Il n'allait quand même pas craquer pour la nouvelle palefrenière ! Elias tenait absolument à conserver une cloison étanche entre les deux lieux où se déroulait sa vie : Los Angeles, dédié au travail, et à faire la fête ; Malibu, le havre de paix où il pouvait se détendre, baisser la garde...

Sauf que même dans ses relations sexuelles, il ne baissait jamais totalement la garde.

Il reporta son regard sur Domitian qui se dirigeait droit sur Carmen d'une allure résolue.

— *Ho !* lança Elias en levant une main.

Dom marqua brusquement l'arrêt. Cependant, il fixait son maître d'un regard provocateur, tout en montrant les dents et en couchant les oreilles.

Surveillant l'étalon du coin de l'œil, Elias se tourna vers Carmen. C'était une tactique bien connue que de ne pas répondre à la provocation d'un cheval. Ils se regardèrent en ignorant délibérément le défi que leur lançait Domitian.

— Je pense qu'il attend une friandise, déclara Carmen.

Cela faisait une semaine qu'elle subornait Dom à l'aide de bonbons à la réglisse, et elle ne trouvait rien d'étonnant à ce qu'il se soit précipité vers elle.

— Il n'en aura pas tant qu'il persiste à me braver.

Elle laissa échapper un petit rire.

— Comme on le dit chez moi, fit-elle, le maître doit savoir être dur !

— Et où est-ce, chez vous ?

— En Espagne.

— Oui, je m'en doutais. Mais où, précisément ?

— Dans le sud.

Carmen n'avait aucune intention de se montrer plus précise. Jerez était réputée mondialement pour son école d'art équestre, et lâcher ce nom aurait pu donner trop d'indications à Elias sur qui elle était vraiment. Or elle prenait un réel plaisir à l'anonymat dans lequel elle se maintenait.

Levant les yeux vers Elias, Carmen rencontra son regard. Oui, elle se plaisait *beaucoup* dans son rôle de palefrenière des écuries Henley.

— Enfin ! lâcha Elias, lorsque Domitian s'ébroua, faisant demi-tour.

De nouveau, il s'accouda à la barrière, et Carmen en fit autant.

Après tout, songea-t-elle, certains détails de sa vie pouvaient être confiés à Elias sans qu'elle ne prenne trop de risques. D'ailleurs, c'étaient des choses qu'elle avait déjà révélées à Blake.

— J'ai déjà fait un peu de dressage, dit-elle. Je pourrais essayer avec Dom. Il m'est arrivé de travailler avec un cheval de race Criollo, âgé de deux ans que je...

— Carmen ! l'interrompit Elias. Ces chevaux sont bien plus accommodants qu'un animal comme Dom !

Le ton employé par Elias s'était teinté d'ironie, et Carmen se contenta de hausser les épaules.

— Écoutez, reprit-il, j'ai pris tous les avis possibles concernant Dom. Je lui fais même consulter un psychothérapeute pour chevaux...

— J'espère que le psy vous prend tous les deux en séance ? le taquina Carmen.

— Ouais, répondit-il en riant. Et croyez-moi, c'est une vraie thérapie de couple. En tout cas, je n'en ferai jamais d'autre !

Il eut une moue cocasse qui fit rire Carmen.

— Avec Blake, nous avons décidé de lui consacrer davantage de temps, reprit-il. Enfin..., tout le temps que je pourrai distraire de mes occupations à Los Angeles.

— On m'a dit que vous financez des films, c'est ça ?

— Pas moi tout seul. Je suis en charge de l'évaluation des risques au sein de la société de production familiale.

S'il avait clairement perçu les réticences de Carmen à trop en dire sur son histoire personnelle, c'était au tour d'Elias, maintenant, de se montrer évasif.

Il était curieusement réticent à confesser qu'il préférait de très loin le temps qu'il passait à Malibu, plutôt que ses obligations professionnelles à Los Angeles. Là où tout le monde exigeait de lui qu'il s'investisse toujours davantage – son père, le conseil d'administration... Ces gens étaient de plus en plus pressants. Ils en voulaient toujours plus !

— Mon emploi du temps là-bas est assez chargé... Malheureusement, c'est intense également ici. Et je n'ai pas le don d'ubiquité...

— Il faudrait que vous soyez deux, avança Carmen en souriant.

— C'était le cas, autrefois.

Sur le point de répondre par une pirouette, Carmen se félicita d'avoir eu besoin d'une fraction de seconde pour traduire dans sa langue les propos d'Elias. Car lui revenait en mémoire une chose entendue dans la bouche de Laura.

— Vous avez perdu votre frère, c'est cela ? risqua-t-elle.

— Oui. Mon jumeau. Joel.

— Je suis désolée.

— Il me semblait que vous aviez suivi mon discours, à l'hôtel...

— Pas vraiment. J'ai juste entendu que vous parliez de la difficulté à surmonter le chagrin... Quel âge avait-il ?

— Trente ans.

Elias marqua une infime pause, avant d'ajouter :

— On se parlait au téléphone quand c'est arrivé. Il était en voiture... J'ai entendu la collision...

— Je suis désolée, répéta Carmen en déglutissant avec peine. Ça a dû être... Pardon, je ne trouve pas le mot juste...

— Probablement parce qu'il n'y en a pas.

Elle vit qu'Elias reportait son attention sur Dom, et devina qu'il cherchait à changer de sujet. Mais ce fut plus fort qu'elle.

— Vous étiez des vrais jumeaux ? questionna-t-elle.

Le petit rire qu'Elias laissa échapper était indéchiffrable.

— Non, répondit-il. Nous ne nous ressemblions en rien.

Puis, sans plus d'explication, il sauta par-dessus la barrière et se dirigea vers l'étalon.

La récréation était terminée.

7

Les jours suivants, Carmen eut le sentiment que s'installait une sorte d'amnistie, entre elle et Elias. Parfois, lorsqu'ils se croisaient sur la plage, il se contentait d'un hochement de tête pour la saluer. Parfois, moins...

— Ne fais pas attention à lui, la réconforta John un jour qu'il montait à ses côtés. Il est comme ça avec tout le monde.

Elle se retint de protester qu'avec elle, il arrivait qu'Elias soit... différent.

Le lendemain soir, Carmen était à nouveau avec Capricorn sur la plage, quand Elias tira sur les rênes pour mettre Dom au pas et s'approcher.

— *Holà !* fit-elle en tendant une main pour caresser l'étalon.

Pour une fois, Elias ne l'en dissuada pas. Lorsque le cheval avança le museau vers la poche de son short, elle éclata de rire.

— Il sait où je cache mes friandises.

— Pas pour lui, j'espère !

— Non, bien sûr, choisit de mentir Carmen avec un sourire en coin. Mon patron me l'interdit.

Caressant les oreilles du cheval, elle se mit à lui parler :

— J'aimerais bien travailler avec toi, Dom, si ton maître n'était pas autant décidé à te garder pour lui...

— Carmen, même *moi* je ne parviens pas à le mater certains jours ! Et il a plusieurs fois jeté à terre votre prédécesseur.

— D'après tout ce que j'ai entendu au sujet de Martin, moi aussi je l'aurais jeté à terre !

Partant d'un grand éclat de rire, Elias sauta au sol.

C'était comme si, certains jours, ils s'accordaient une trêve, songea Elias. Quand il acceptait d'entendre Carmen exprimer le genre d'opinions péremptoires dont elle était coutumière, en la trouvant irrésistible.

À vrai dire, la jeune femme l'attirait d'une manière singulière. Ce n'était pas simplement l'indéniable alchimie perceptible entre eux qui faisait vibrer Elias. C'était aussi le rire de Carmen, la façon dont elle le poussait dans ses retranchements ou le harcelait pour qu'il lui laisse monter Domitian. Ou même la manière dont ils bavardaient ensemble des petites choses faisant la vie de l'écurie.

— J'ai appris que votre paella était sensationnelle.

— Un succès ! renchérit Carmen

— Et qu'est-ce que vous avez prévu pour la semaine prochaine ?

— Je ne sais pas encore...

Elias s'amusa de voir rougir Carmen. Elle mentait très mal. Tout le personnel de l'écurie s'était bien rendu compte que ce n'étaient pas les ingrédients nécessaires à la confection du plat que l'on déchargeait d'un camion de livraison, mais bien plutôt une paella toute préparée.

Cette fille était un véritable mystère – un mystère qui l'amusait.

Carmen se pencha pour ramasser sur le sable un morceau de verre poli par la mer, et cette vision mit le feu à l'imagination d'Elias. Voir se tendre l'arrière des cuisses fuselées éveillait sa virilité presque autant que la moue des lèvres sensuelles tandis qu'elle examinait l'objet.

— Marron, souffla-t-elle d'un air dépité en le rejetant.

— Le marron ne convient pas ?

— Il y en a partout. J'aimerais en trouver un orange.

— Et pourquoi cela ?

— Autrefois, on fabriquait peu d'objets en verre de cette teinte. J'en ai quelques-uns de couleur turquoise, mais aucun orange.

— Et celui-ci ? demanda Elias quelques instants plus tard, en lui tendant un petit bout de verre qu'il venait de ramasser.

Carmen faillit lui dire que les verts étaient presque aussi communs que les marron, mais elle se retint. Car le spécimen lui était offert par de longs doigts qui l'avaient choisi expressément à son intention...

Notant le fin duvet décoloré par le soleil sur les jointures, les ongles nettement coupés, l'épiderme rêche des paumes, elle fut traversée par le désir fou de les toucher, d'éprouver leur contact rude contre sa peau.

— Il est très beau, dit-elle en prenant le fragment de verre qu'elle glissa dans sa poche.

Son intention de demeurer insensible au charme d'Elias était en train de s'effacer aussi vite que le soleil à l'horizon.

— Est-ce que l'Espagne vous manque ?

Elias avait posé cette question, un soir, après une longue journée de réunions dans ses bureaux de Los Angeles.

— Bien sûr !

— Combien de temps avez-vous prévu de passer aux États-Unis ?

— Trois mois. Cela ne me laisse plus que quelques semaines ici, j'imagine…

La voix de Carmen s'éteignit. Comme elle regretterait des moments tels que celui-ci !

Capricorn avait ralenti le pas.

— Elle est fatiguée. Il vaut mieux que je la ramène.

Mais de retour dans sa stalle, la jument refusa de s'allonger.

— Fais-moi, plaisir, allonge-toi, l'implora Carmen.

Lorsqu'elle parvint à l'y décider, l'animal n'en demeura pas moins fébrile. S'allongeant à son tour près de Capricorn, Carmen lui murmura :

— Tu sais, moi aussi il m'est arrivé de me sentir inquiète, le soir. Après le départ de ma mère, je n'étais jamais tranquille quand Paula, ma nurse, me mettait au lit. Il suffisait qu'elle éteigne la lumière pour que je me redresse et demande à boire.

Perdue dans ses souvenirs, Carmen demeurait allongée à côté de la jument, une main posée sur son ventre. Elle fut brutalement ramenée à l'instant présent en sentant le poulain bouger. Capricorn n'en fut même pas alarmée.

— Tu seras une mère formidable, déclara Carmen. Bien meilleure que la mienne, en tout cas.

Dans la cour, les bruits s'estompaient. Carmen prit son téléphone et constata qu'elle avait un nouveau message d'Emily, accompagné de plusieurs photos de Josefa. Née prématurément, la fillette était encore menue. Mais âgée de huit mois, elle rattrapait rapidement son retard.

Au bord des larmes, Carmen songea que l'enfant avait à peu près le même âge qu'elle, au moment du départ de Maria.

— Comment peut-on abandonner une petite fille comme celle-là ? demanda-t-elle à Capricorn.

Entendant des bruits de sabots et de bottes, Carmen se redressa, réalisant qu'elle avait pleuré. Elle se leva et essuya ses yeux encore humides. Elias n'apprécierait certainement pas de la trouver allongée dans la paille, à côté de l'un de ses chevaux.

— Carmen ? fit-il en fronçant les sourcils.

— Capricorn a mis longtemps à se calmer, expliqua-t-elle.

Se passant la main dans les cheveux, elle y découvrit des brins de paille et comprit que son patron ne devait avoir aucun doute sur le fait qu'elle s'était couchée près de la jument.

Il affichait une mine sévère, et Carmen pensa qu'elle allait avoir droit à un savon. Mais peut-être décida-t-il que le moment était mal choisi en constatant qu'elle avait les yeux rouges.

— Elle a l'air tranquille, maintenant, dit-il.

— Oui.

Prenant une profonde inspiration, Carmen fut assaillie par les effluves d'une eau de toilette citronnée où se mêlaient quelques notes boisées. C'était un parfum qui rappelait celui des sous-bois lorsqu'on galope dans les collines, l'hiver. Mais elle percevait aussi une odeur musquée : celle d'une impérieuse virilité...

Soudain, elle eut envie de s'approcher d'Elias pour s'en imprégner. Ce fut à cet instant qu'elle se rappela la vision qu'il lui avait offerte le premier matin, quand il s'était mis torse nu.

— Puisque Capricorn est calmée, je ne vais pas tarder à aller me coucher moi aussi, dit-elle d'une voix étrangement voilée. C'est bon de ressentir sa fatigue.

— Si vous le dites...

Elias hocha la tête. Pour sa part, il aurait tellement aimé n'éprouver que de la fatigue, ce soir. Au lieu de cette irrépressible érection que la présence de Carmen avait provoquée chez lui.

8

— Tu es sûre que tu ne veux pas venir au match, demain ? demanda Blake, alors que Carmen se préparait à sa promenade de chaque soir avec Capricorn.

— Sûre, répondit-elle. Laura aura suffisamment à faire sans devoir me donner des consignes pendant la partie.

— Ce n'est pas faux, répliqua Blake. Bon, alors, à demain matin. À l'aube.

— Je serai debout *avant* l'aube, lui renvoya Carmen en souriant.

Cependant, à peine sortie de la cour, son sourire s'effaça. Elias ne s'était pas montré aux écuries de toute la journée, et il lui manquait affreusement. Bien trop. Alors, *non*, elle n'avait aucune intention de participer à la demi-finale de polo le lendemain et, surtout, de voir Elias concourir...

Chassant ces réflexions, Carmen fit avancer Capricorn dans l'océan, la tenant par la longe. La jument appréciait.

— Tu vois, dit-elle, ça fait du bien à ton gros ventre.

Pour la première fois, depuis son arrivée, la journée avait donné à Carmen un aperçu de ce que pouvait être la chaleur de la Californie. Peut-être était-ce la raison de cet étrange malaise qu'elle ne parvenait pas à dissiper...

Elle laissa la jument batifoler dans les vagues et s'assit au bord de l'eau. N'étant vêtue que d'un short et d'un haut de bikini, Carmen avait laissé son portable au ranch. Elle en avait plus qu'assez des SMS de ses frères réclamant son approbation pour mettre en branle la machine judiciaire au sujet de la demeure familiale, autant que des jérémiades de Maria plaidant sa propre cause. Sauf qu'en cet instant, ce n'étaient pas ses problèmes familiaux qui tourmentaient Carmen.

Aurait-elle tenu convenablement sa place au bord du terrain de polo ? se demandait-elle. Et n'était-ce pas stupide de se priver d'assister à une partie pour laquelle toute l'équipe des écuries avait fait travailler les « poneys » de longues heures ?

Mais non, il était hors de question qu'Elias la voie transpirante et crottée, tandis que d'élégantes beautés se pavaneraient à l'ombre des chapiteaux, ou sous de ravissantes capelines, tout en sirotant du champagne.

Est-ce que Wanda sera là ?

Carmen ne pouvait s'empêcher d'être jalouse de l'aplomb avec lequel cet homme passait d'une conquête à l'autre.

Dommage qu'elle n'ait pas emporté son téléphone ! Au moins, elle aurait pu consulter ce site de rencontres en ligne dont Laura lui rebattait les oreilles... Carmen s'était bien juré qu'elle en avait fini avec les hommes pour le reste de sa vie. Cependant, son corps semblait en avoir décidé autrement...

Le pas familier de Dom dans son dos la fit se retourner. Carmen ne s'était pas attendue à voir Elias effectuer sa promenade habituelle à la veille de la demi-finale.

— Salut, fit-il, immobilisant sa monture.

— *Holà*, lui retourna Carmen.

Du menton, elle désigna Capricorn, et ajouta :

— Elle se rafraîchit.

— Je ferais mieux de laisser Dom en faire autant, rétorqua Elias.

L'étalon ne se fit pas prier pour entrer dans l'eau à peine son cavalier l'eut-il dessellé. Carmen éclata de rire en le voyant se rouler dans les vagues avec une évidente délectation.

Elias s'assit à côté de Carmen, s'efforçant d'ignorer les mamelons pointant sous l'étoffe détrempée du haut de bikini.

— Est-ce que vous êtes impatient de jouer cette demi-finale ? interrogea-t-elle.

— Pas vraiment, fit Elias, surpris lui-même de l'honnêteté de sa réponse.

— Il va vous manquer, c'est ça ?

Feindre de ne pas comprendre aurait été stupide, et Elias se contenta d'avouer :

— En effet. Je regrette même ces dégoûtantes boissons vitaminées qu'il m'obligeait à boire les jours de matchs. Je m'en débarrassais en les faisant ingurgiter à Homer.

— C'est qui, Homer ?

Fronçant les sourcils, Elias se rappela que Carmen n'était au ranch que depuis quelques semaines.

— Le cheval que je montais en compétition avant Capricorn.

— Est-ce que vos parents seront là ? s'enquit Carmen.

— Oui. Ce sera la première fois depuis...

Elias s'interrompit. Non, décidément, il ne se réjouissait pas à la perspective de cette demi-finale.

— Blake m'a dit que vous ne viendrez pas. On aurait pu embaucher quelqu'un pour vous remplacer aux écuries.

— Ça ne me dérange pas d'y rester seule.

— Vous n'avez pas envie d'assister à tout ce cirque, c'est ça ?

— En grande partie, oui.

Était-ce la déception d'entendre confirmer qu'elle ne le verrait pas jouer, qui l'agaçait autant ? s'interrogea Elias.

— Le polo ne vous intéresse vraiment pas ? demanda-t-il.

— Pas vraiment, non, répondit Carmen. De toute façon, même si je venais, je ne verrais pas grand-chose de la partie. D'après ce que j'ai compris, les palefreniers sont passablement occupés. Que se passera-t-il si vous gagnez ?

— Nous irons en finale la semaine suivante.

— Oui, je sais cela. Mais je demandais ce qu'il se passerait après la partie, si vous la remportez.

— Oh ! Une soirée est organisée au restaurant Ramone's.

— Ramone's ? J'ai entendu dire que c'est un endroit très chic, non ?

— Certes. En fait, le personnel des écuries fait la fête de son côté dans un bar. C'est seulement à l'issue de la finale que tout le monde se retrouve pour un grand bal.

Carmen ébaucha une grimace.

— Là aussi, je déclarerai forfait. Je n'ai pas prévu de robe de soirée dans mon sac à dos. Et de toute façon, je déteste ce genre de festivités. Pas vous ?

— Non, ça ne me dérange pas. Cela fait partie du tournoi.

— Pourtant, vous n'aviez pas l'air très à l'aise, à la réception où je vous ai croisé. Ni vous, ni votre compagne...

Dans le silence lourd qui s'ensuivit, Carmen se dit qu'elle avait probablement dépassé les limites.

— Ce n'est pas par ce terme que je la désignerais, finit par marmonner Elias.

— Lequel, alors ?

Pendant d'interminables secondes, il demeura muet.

— Vous posez beaucoup de questions.

— J'essaie juste de faire la conversation.

Ce qui était loin de la vérité, Carmen se devait de l'admettre.

— Wanda me sert seulement de cavalière quand je dois assister à une réception officielle.

Elias n'avait pas pour habitude de se perdre dans des explications qu'il jugeait inutiles. Mais la moue de Carmen le décida à en dire davantage :

— Wanda sait que je n'ai aucune envie de lier mon sort à quelque femme que ce soit.

— Pourquoi ? Vous ne croyez pas aux histoires d'amour ?

— Je ne dis pas que cela n'existe pas. Mais pas pour moi.

— Pourquoi ?

La moue curieuse de Carmen fit sourire Elias.

— C'est juste que je n'ai pas envie d'être lié à quelqu'un.

— Cela vous est déjà arrivé ?

— Pas vraiment… J'avais une liaison qui durait depuis un petit moment quand Joel est mort, mais j'ai rompu peu après.

— *Por qué* ?

Levant les yeux au ciel, Elias se résolut à fournir les explications qu'attendait Carmen :

— Au début de cette relation, l'essentiel de ma vie se déroulait à Los Angeles. Mais après le décès de mon frère, je me suis mis à venir ici plus régulièrement… Et je ne voulais pas impliquer qui que ce soit dans ce qui me faisait rechercher la solitude. C'est une préoccupation que je conserve.

Il avait ajouté cette précision en espérant que Carmen comprendrait l'allusion.

— Alors, Wanda n'est qu'une escort-girl ?

— *Carmen !*

— Pardonnez-moi, s'excusa la jeune femme avec un petit sourire confus. Mon anglais me trahit parfois. Je sais qu'il m'arrive de m'exprimer de façon trop directe.

Les paupières d'Elias se plissèrent. Il n'était pas dupe.

— Vous maîtrisez parfaitement l'anglais, Carmen. Et non, je ne rémunère pas Wanda pour sa compagnie. J'ai besoin d'elle pour ce genre d'événements, et elle trouve intérêt à fréquenter mon réseau. C'est un arrangement mutuel.

— Et vous couchez ensemble ?

— Vous êtes trop indiscrète ! Je refuse de répondre.

Pendant quelques minutes, ils demeurèrent muets.

— Et vous ? lança Elias. Vous croyez aux histoires d'amour ?

— Oh ! non ! pouffa Carmen. J'ai renoncé aux hommes ! Mon père espérait me conduire un jour à l'autel. Mais il est mort l'année dernière, et je n'ai donc plus aucune raison d'essayer de lui donner satisfaction...

— Je suis désolé !

Elias posait une main compatissante sur l'épaule nue de Carmen. Habituellement, elle fuyait tout contact physique. Sauf qu'il y avait dans cette paume quelque chose de rassurant, d'apaisant. Quelque chose qui lui donnait envie de ne pas fuir cet instant. C'était la première fois qu'elle parlait de José à quelqu'un qui ne l'avait pas connu...

Lorsque Elias ôta sa main, cet étrange sentiment de paix demeura.

— Mon père avait épouvantablement mauvais goût, dit-elle. Il adorait le dernier en date de mes petits amis, et...

— Et vous ?

— Ce n'était pas un type très sympa...

Pourquoi Carmen se livrait à de telles confidences, elle n'aurait su le dire. Il était hors de question qu'elle évoque ce qu'avait dit le garçon concernant la fortune des Romero – cela l'aurait obligée à révéler qui elle était vraiment. Néanmoins, elle était en mesure de révéler une partie de sa remarque :

— Je l'ai surpris à raconter à l'un de ses copains qu'il ne supportait pas l'odeur d'écuries que je traînais toujours...

Se tournant vers Elias pour observer sa réaction, Carmen

sentit s'évaporer d'un seul coup la gêne que lui avait inspirée ce souvenir.

Elias posait sur elle un regard tellement différent de celui avec lequel les hommes la contemplaient d'habitude ! Personne ne l'avait jamais regardée ainsi. La façon dont les prunelles sombres la dévisageaient donnait à Carmen la sensation d'être prête à s'embraser. Entre eux, l'air vibrait d'une manière presque palpable. Pour la première fois de sa vie, sous ce regard intense, elle se sentait...

Désirée !

C'était si fort, qu'elle faillit faire ce qui semblait la chose la plus naturelle au monde : se pencher vers ce visage tourné vers elle... Il lui fallut toute la force de sa volonté pour résister à la tentation de s'incliner vers Elias et éprouver véritablement le contact de ses lèvres.

— Je ferais mieux d'y aller..., fit-elle d'une voix rauque.

— Bien sûr, répliqua Elias sur un ton parfaitement placide.

Se mettant debout, Carmen songea que ce qu'elle venait de ressentir n'avait plus rien de commun avec l'attirance qu'il lui inspirait depuis leur rencontre. L'émoi qu'il venait de faire naître en elle était d'une tout autre nature. Tout à coup, il lui aurait semblé naturel de l'embrasser. Davantage que normal. Nécessaire.

Le visage en feu, les jambes flageolantes, Carmen appela Capricorn pour la faire sortir de l'eau.

— Bonne soirée, lança-t-elle à Elias d'une voix qu'elle aurait espéré plus ferme.

— À vous aussi, répondit-il.

Fort heureusement, Capricorn ne fit aucune difficulté pour s'installer dans son box. Pour rien au monde, Carmen n'aurait voulu être encore présente dans l'écurie au retour d'Elias.

Regagnant son modeste logis, elle se réjouit de ne croiser personne. Une fois dans la soupente, elle se débarrassa de ses vêtements mouillés, puis enfila un T-shirt et se glissa dans le lit. Allongée sur le matelas plein de bosses, elle sentit des picotements sur tout son corps.

Probablement le résultat de sa première vraie exposition au soleil californien, se dit-elle. Pour soulager sa peau enflammée, Carmen s'assit et enleva son T-shirt.

Ce fut bien pire ! Manifestement, ce n'était pas un coup de soleil qui lui donnait l'impression d'être en feu. Grâce à Elias, elle découvrait enfin sa sensualité. Dire qu'elle avait tâché de se persuader qu'un homme tel que lui ne daignerait pas poser son regard sur une simple employée d'écuries !

Qu'un homme aussi sexy, aussi sophistiqué qu'Elias Henley puisse la désirer – juste pour ce qu'elle était, et non pour son nom ou sa fortune – avait quelque chose de libérateur. C'était elle, *Carmen*, qu'il dévorait des yeux, en ignorant tout de son héritage, de sa famille.

Carmen se rendait compte qu'elle était capable d'éprouver du désir, d'en inspirer à un homme... Toutes ces choses qui lui avaient échappé jusque-là !

La prochaine fois qu'Elias la regarderait de cette manière...

Car il y aurait une prochaine fois !

Alors, elle réclamerait bien davantage qu'un baiser...

9

Elias n'arrivait pas à croire que le jour de la demi-finale soit déjà arrivé.

— Pas de boisson vitaminée pour toi, mon pauvre vieux, dit-il à Homer en passant devant son box.

— *Holà !* lui lança Carmen, occupée à tresser la queue de Winnie avec la même dextérité que si elle avait fait ça toute sa vie. Votre jument est chauffée à blanc, ce matin. Elle pourrait faire l'aller-retour jusqu'à Vegas au grand galop.

Laura leva la tête du jarret du cheval qu'elle bandait.

— Qui parle de Las Vegas ? questionna-t-elle. Il faut absolument que tu ailles y faire un tour, Carmen.

— J'en ai bien l'intention, affirma Carmen.

— C'est là-bas que j'ai consulté la meilleure voyante que je connaisse, ajouta Laura.

Elias leva les yeux au ciel, espérant qu'elle n'allait pas se lancer dans un exposé sur son passe-temps favori.

Fort heureusement, Blake les interrompit.

— Laura, lança-t-il, le camion est prêt. Et, Elias, Wanda a appelé. Elle s'étonne de ne pas pouvoir te joindre

— D'accord.

Tout en finissant de tresser la queue de Winnie, Carmen serra les dents. Elle s'efforça de contenir son irritation, tandis qu'elle aidait, ensuite, à charger les chevaux dans le camion luxueusement aménagé pour leur transport.

Lorsque Elias revint, il s'était changé, enfilant de hautes bottes noires, magnifiquement lustrées. À l'idée qu'il allait provoquer les exclamations admiratives de Wanda, au club de polo, Carmen fut submergée par une bouffée de colère.

Certes, de la part d'un play-boy du genre d'Elias Henley, elle ne s'était pas attendue à des attentions romantiques après qu'il l'avait dévorée des yeux, pas plus tard que la veille. Mais un minimum de décence aurait été le bienvenu.

Car Carmen était certaine de ne pas s'être fait des idées.

S'obligeant à sourire, elle souhaita bonne chance à chacun des membres de l'équipe montant à bord des divers véhicules.

Lorsqu'elle fit volte-face, ce fut pour se trouver le nez contre le torse d'Elias.

— Je vous croyais déjà parti, observa-t-elle sèchement.

— C'est comme si c'était fait...

Il était superbe..., raffiné jusqu'au bout des ongles. Et il ne pouvait y avoir le moindre doute sur ce qu'il espérait après l'avoir entendue souhaiter bonne chance à tous ses collègues. Mais Carmen était trop furieuse pour se résoudre à ce que la politesse exigeait.

— Vous avez besoin de quelque chose ? questionna-t-elle.

— Non, rien... Si ce n'est que la coutume veut qu'on souhaite bonne chance aux joueurs avant une partie, non ?

Étant elle-même des plus superstitieuses avant une compétition, Carmen préféra ne pas porter une part de responsabilité dans une éventuelle défaite d'Elias.

— *Buena suerte*, lâcha-t-elle sur un ton glacial. Ça veut dire bonne chance, en espagnol.

Elias fronça les sourcils.

— Carmen, qu'est-ce qui ne va pas ?

— Tout va pour le mieux ! répliqua-t-elle.

Son regard rencontra celui d'Elias, et Carmen sentit son pouls s'accélérer. Soudain, il lui fut impossible de se contenir.

— Comment ne serais-je pas en colère en sachant que votre petite amie vous attend ? tonna-t-elle. Alors que vous avez eu le culot de me regarder comme vous l'avez fait hier soir, Elias Henley ! D'ailleurs, vous avez de la chance que je ne vous suive pas au match, parce que si je vous y voyais au bras de Wanda, je risquerais de vous gifler !

— C'est exactement la raison pour laquelle je me refuse à toute relation amoureuse ! fulmina Elias. Nous ne nous sommes même pas embrassés, et vous me faites une scène !

Pivotant sur ses talons, il s'éloigna en lançant :

— Vous perdez la tête !

— Sauf que j'ai raison. Et vous le savez parfaitement.

Dépassait-elle les bornes ? s'interrogea Carmen. Elle s'en moquait éperdument. Ce n'était pas *maintenant* qu'elle allait renoncer à tous ses principes, quand elle commençait enfin à savoir ce qu'elle attendait de la vie !

Carmen avait l'impression que son cœur se remettait à battre. Qu'un cœur plein de courage se déployait dans sa poitrine...

— Je déteste les hommes, dit-elle à Capricorn tandis que celle-ci la poussait du museau pour réclamer une promenade.

Monter la jument le long de la plage ne suffit pas à calmer la mauvaise humeur de Carmen. D'autant moins, qu'elle se sentait de plus en plus gênée. N'avait-elle pas clairement révélé ses sentiments à Elias ? Qui plus est, en se montrant particulièrement tyrannique... Dire qu'elle avait osé lui reprocher des infidélités, alors qu'ils n'avaient échangé que quelques regards !

La sonnerie du portable arracha Carmen à ses réflexions.

— Quoi ? aboya-t-elle en réponse à l'appel d'Alejandro.

— Je voulais juste te rappeler que c'est l'anniversaire d'Emily...

— Je le sais. Je lui ai envoyé un cadeau. Est-ce que je suis censée lui chanter « Bon Anniversaire » au téléphone ?

— Pourquoi pas ? Elle adorerait ça. Emily n'a pas de famille. Tu pourrais faire preuve d'un peu plus de sympathie.

— Et si jamais vous vous séparez ? Est-ce que je devrais aussi lui souhaiter bon anniversaire l'année prochaine ?

— Pourquoi faut-il que tu imagines toujours le pire ?

Peut-être parce qu'elle avait l'habitude que ce soit forcément le pire qui advienne ! songea Carmen en raccrochant.

La nouvelle que l'équipe avait remporté la victoire ne fit rien pour améliorer son humeur. Pas plus que les bavardages excités tandis qu'elle aidait à soigner les chevaux.

Tout le monde se dispersa pour aller faire un brin de toilette, en vue de la soirée, et Carmen assura une nouvelle fois à Blake qu'elle n'avait aucune objection à rester de garde aux écuries.

— Demain, dit-elle, c'est ma journée de repos, et j'ai prévu de découvrir Santa Monica. Pas de gueule de bois pour moi !

— Je comprends, répondit Blake.

De retour dans sa petite chambre, Carmen jeta un regard par la lucarne en direction du ranch d'Elias. Était-il en train d'y célébrer la victoire en compagnie de Wanda ?

Il n'avait pas démenti avoir une relation sexuelle avec la ravissante jeune femme...

Toute l'équipe de ses collègues ayant épuisé la provision d'eau chaude, Carmen dut se contenter d'une douche froide – ce qui ne suffit pas à la calmer. Une fois qu'elle eut enfilé une courte jupe en jean et un débardeur, elle s'allongea sur son lit avant de prendre son téléphone pour passer l'appel qui lui avait été réclamé.

— *Cumpleaños feliz..., cumpleaños feliz...*, chantonna-t-elle, provoquant l'hilarité de sa belle-sœur. Bon anniversaire !

— Merci, Carmen ! s'exclama Emily lorsqu'elle eut repris son sérieux. Je suis tellement heureuse de t'entendre ! Comment ça va, en Californie ?

— Oh..., plutôt bien..., mentit Carmen.

Elle marqua une pause, se retenant de demander à sa timide belle-sœur comment elle avait osé prendre le risque de lier son sort à un play-boy patenté. Au lieu de cela, elle questionna :

— Comment fêtez-vous ton anniversaire ?

— Nous sommes à Londres ! Alejandro ne te l'a pas dit ? Nous y passons quelques jours, puis nous irons montrer à Josefa l'endroit où j'ai grandi.

Le cœur gros, Carmen ne put s'empêcher de percevoir un danger dans ce que sa belle-sœur lui annonçait. Qu'est-ce qui lui garantissait que ses frères ne finiraient pas par s'installer en Angleterre pour faire plaisir à leurs épouses respectives – lesquelles devaient avoir le mal du pays ?

— Profitez bien de votre séjour, conclut-elle d'une voix nouée. Je te laisse, il faut que j'aille jeter un coup d'œil aux chevaux avant la nuit.

Épuisés par leur longue journée, tous les chevaux dormaient. Le seul à être aussi vif qu'à son habitude était Domitian. Pendant un long moment, Carmen resta accoudée à la partie inférieure de la porte du box, admirant le plus bel animal qu'elle n'ait jamais vu.

— À part Presumir, bien sûr, lui dit-elle.

Pensive, elle sentit monter les regrets.

— Il va falloir que je précipite mon départ, reprit-elle. J'ai été assez stupide pour me couvrir de ridicule, aujourd'hui... Je n'aurai jamais l'occasion de te monter, hélas !

Mais, après tout, pourquoi se montrer raisonnable quand elle avait tout gâché par son comportement imbécile ? Aussi, ne faisant ni une ni deux, Carmen se glissa dans la stalle...

— Allez, viens, souffla-t-elle à l'étalon en lui passant un licol. Montre-moi de quoi tu es capable.

D'un pas aussi paisible que lorsqu'elle menait Capricorn à la plage – bien que son cœur batte la chamade –, Carmen conduisit Dom au manège de l'ancienne école d'équitation. Une fois qu'elle eut allumé les lumières, elle le fit se placer au centre de la piste. Lui offrant l'une de ces friandises qu'il aimait tant, elle expliqua ce qu'elle comptait faire avec lui, d'une voix très douce.

Ensuite, vint le moment que Carmen redoutait. Tournant le dos à l'animal, elle s'éloigna, puis s'immobilisa à quelque pas de lui. Son objectif était de montrer à Domitian qu'elle n'avait pas peur. L'animal devait savoir qu'elle lui faisait confiance.

Les yeux braqués sur un nœud du bois de la balustrade, Carmen entendait le sang battre à ses oreilles. Elle déglutit lorsqu'elle perçut l'attention de Dom sur elle. Rien ne garantissait qu'il n'allait pas l'attaquer, la pousser violemment contre la paroi et l'écraser de tout son poids...

Carmen fut récompensée de son audace en sentant Dom la pousser délicatement du museau, dans son dos, avant d'appuyer la tête sur son épaule.

— *Holà, caballo*, lui susurra-t-elle.

Les larmes aux yeux, elle se tourna doucement vers lui.

— Tu veux bien travailler avec moi ? s'enquit-elle.

Et non seulement Domitian prouva qu'il voulait bien, mais

il se montra fantastique. Carmen le fit travailler une heure entière, le guidant d'un simple claquement de langue, ou d'un léger mouvement de badine, se délectant qu'il soit si réceptif.

— Que dirais-tu de m'accepter sur ton dos ? finit-elle par suggérer, le ramenant à ses côtés.

Sans plus réfléchir, Carmen agrippa la crinière et se hissa sur l'étalon. Ne disposant ni d'une selle, ni d'éperons, ce fut par la pression de ses cuisses qu'elle le dirigea.

C'était une monture extraordinaire ! Carmen, lui fit exécuter des figures de plus en plus complexes, jusqu'à l'amener à se cabrer sur ses postérieurs.

— Si j'en avais eu le temps, j'aurais pu t'apprendre à danser, lui dit-elle en flattant son encolure.

Lorsqu'il vit l'étalon se dresser, Elias fut à deux doigts de se précipiter sur la piste. Mais il devait éviter de l'affoler. Pourtant, il éprouvait la même épouvante que lorsqu'il avait entendu le crissement des pneus de la voiture de Joel.

Découvrant que Dom n'était plus dans son box, et que les lumières étaient allumées dans l'ancien bâtiment, Elias s'était imaginé surprendre Carmen en train de se livrer à quelques exercices de travail à pied avec le turbulent animal.

Mais pas... *ça* !

Ni Domitian, ni sa cavalière n'avaient compris qu'ils n'étaient plus seuls. Bouche bée, gardant le plus parfait silence, Elias contempla un spectacle d'une poésie pure. C'était la première fois qu'il voyait Carmen à l'œuvre, et ce qu'il découvrait le plongeait dans une stupeur mêlée d'admiration. Elle était la perfection même, épousant harmonieusement les mouvements du cheval, le maîtrisant avec grâce, lui indiquant en souplesse mais avec fermeté diverses figures.

Elias n'aurait su dire lequel de Domitian ou de sa cavalière le vit en premier. Carmen ne manifesta pas la moindre gêne.

— Tu es un bon garçon, déclara-t-elle, caressant la crinière de l'étalon après l'avoir mis au pas, mais je crains que nous ne nous soyons fait pincer.

Bien que son cœur continue à battre follement, Elias se contraignit à parler d'une voix mesurée.

— Descendez immédiatement, Carmen !

Aussi agilement qu'un chat sautant d'une table, Carmen bondit à terre. Puis elle tira de sa poche ce qui devait être une friandise, et l'offrit à Domitian.

Se tournant vers Elias, elle lança avec insolence :

— Je vous croyais en train faire la fête avec vos amis.

— Ai-je l'air d'être en tenue de gala ?

Détaillant Elias de la tête aux pieds, Carmen esquissa une moue indiquant qu'elle notait qu'il ne s'était pas changé.

Elias prit par le licol l'étalon, curieusement docile, pour le ramener à son box. Il lui caressa l'encolure et déclara :

— C'est bien, Dom. Tu n'as pas tué Carmen. Je te félicite.

Puis, ayant enfermé le cheval, il tourna un regard courroucé vers la jeune femme et siffla entre ses dents :

— Dans mon bureau. Tout de suite !

Ce fut au pas de gymnastique qu'Elias entraîna Carmen. C'était la première fois qu'elle pénétrait dans son bureau, mais elle ne jeta qu'un rapide coup d'œil à l'agencement luxueux, fascinée qu'elle était par le regard de braise qui la fixait.

— Qu'est-ce qu'il vous a pris ? tonna-t-il. Vous auriez pu vous faire tuer ! Vous rendez-vous compte du choc que cela aurait été pour Laura ou Blake de vous retrouver sur le sol ?

Il ferma les yeux – envisageant peut-être cette perspective.

Dans le silence qui s'ensuivit, seulement troublé par la

respiration haletante de son patron, Carmen prit sur elle de se diriger sans bruit vers la porte.

— Où allez-vous ? entendit-elle dans son dos.

— Tous les chevaux sont installés pour la nuit, répondit Carmen par-dessus son épaule. Techniquement, ma journée de repos a commencé. Vous pouvez aller retrouver votre amie.

— Quelle amie ? J'étais venu vous dire que vous faisiez erreur.

Inutile de demander à quel sujet ! Carmen savait pertinemment à quoi Elias faisait allusion.

— *Non !* Quoi que vous puissiez dire, je continue à affirmer que c'était dégoûtant de me faire croire des choses avec vos regards enflammés, avant d'aller retrouver votre petite amie…

— Sur ce point, l'interrompit Elias, vous n'avez pas tort. C'est justement pour cela que j'ai signifié à Wanda, dès hier soir, que notre arrangement prenait fin.

— Alors, pourquoi vous cherchait-elle, ce matin ?

— Parce que je devais la présenter à un metteur en scène…

Alors, sans préambule, Elias fit ce que Carmen désirait follement depuis la veille. Ce qui était inévitable ! En deux pas, il fut devant elle et s'empara de sa bouche en un baiser fougueux, tellement impérieux que s'il ne l'avait pas tenue étroitement enlacée, elle serait tombée à la renverse.

La langue exigeante explorait sa bouche, le menton râpeux frottait contre sa peau, mais Elias s'écarta, l'air hagard.

— Nous ne pouvons pas faire ça, souffla-t-il.

— Pourquoi pas ?

Il planta dans celui de Carmen un regard perçant.

— Parce que…, parce que je ne veux pas d'une liaison !

Carmen soutint son regard.

— Je le sais, répliqua-t-elle. Ça tombe bien, moi non plus.

De nouveau Elias souda ses lèvres aux siennes, et le baiser

qu'il lui donna avait la saveur d'un délicieux nectar. Carmen y répondit comme si elle avait bien plus d'expérience que ce n'était le cas. Sauf que c'était ce qu'Elias lui faisait ressentir.

Nouant ses bras sur la nuque brûlante, elle se délecta de la trouver aussi douce. Lorsque Elias faufila ses mains sous son débardeur pour remonter jusqu'à ses seins, le soulagement fit gémir Carmen.

— Oh..., souffla-t-elle quand il la délivra du carcan de son soutien-gorge.

Afin de l'aider à la dévêtir, elle leva les bras au-dessus de sa tête, puis tirailla fiévreusement sur le T-shirt d'Elias, impatiente d'éprouver le contact du torse d'airain. Sentir son épiderme contre celui d'Elias la grisait déjà.

Mais, encore une fois, il s'écarta, et Carmen supplia :

— N'arrête pas !

Il faudrait bien davantage qu'un simple baiser pour apaiser le feu qui la ravageait.

— Je te veux..., gémit-elle contre les lèvres dévorant les siennes. *Maintenant !*

Le sentiment de solitude qui ne la quittait jamais semblait s'être évaporé pour de bon. Ce puits insondable, creusé en elle depuis toujours, avait disparu. Comme si elle s'éveillait enfin à la vie sous la pression de la bouche avide, entre ces mains qui l'empoignaient.

Ce fut sans interrompre ses baisers, qu'Elias l'allongea sur le canapé, et Carmen remonta les jambes pour enserrer sa taille. Dans les baisers voraces qu'il lui prodiguait, elle trouvait à la fois du réconfort, et un déchirant désespoir.

Les mains fébriles remontèrent la jupe sur ses hanches. Si, autrefois, Carmen avait redouté ce moment, elle ne savait plus pourquoi. Tout ce qui lui arrivait en cet instant prenait une dimension fantastique. Ce fut *elle* qui prit l'initiative d'accélérer les choses : glissant ses mains entre eux, elle défit la ceinture du jodhpur d'Elias.

Carmen en était certaine : tout cela n'était que la conclusion inévitable de ce que le destin avait écrit depuis l'instant où elle avait posé le pied dans la cour des écuries.

Cela faisait cinq longues années qu'Elias se contenait. Qu'il ne s'autorisait jamais à se laisser aller à l'émotion du moment, ni à se perdre dans le plaisir. Il exerçait un contrôle étroit sur tous les aspects de sa vie, de toutes les manières possibles.

Mais en cet instant, il sentait cette capacité de contrôle lui filer entre les doigts...

Tout ce qui faisait son univers – jusqu'à l'agencement si bien ordonné de son bureau – sombrait dans l'oubli, tandis que Carmen et lui exploraient la bouche et le corps l'un de l'autre.

Une main fine se refermait sur sa virilité, lui prodiguant des caresses bien trop hésitantes, quand l'incendie le dévorait.

Insinuant ses doigts sous la dentelle de la culotte, il découvrit Carmen prête à l'accueillir : elle ruisselait de désir. Elle laissa échapper une protestation étouffée lorsqu'il s'écarta brièvement pour se mettre en position de la pénétrer.

— Viens..., susurra-t-elle. *Je t'en prie...*

Elias ne pouvait plus attendre. Sans se soucier de la plus élémentaire prudence, il écarta l'étoffe détrempée pour insinuer l'extrémité de son sexe entre les pétales humides. Puis il pénétra Carmen en une seule et impérieuse poussée, avec toute la passion débridée qu'elle réclamait.

Il fut pétrifié de surprise en percevant ce qui ne pouvait être que la rupture d'une barrière encore intacte...

Carmen s'était attendue à avoir mal, et ce fut le cas. Mais, en même temps, c'était divin – comme si elle était projetée dans un ciel où une myriade d'étoiles tourbillonnerait.

Elle fut ramenée sur terre par la voix impérieuse d'Elias.

— Carmen ?

Ouvrant les yeux, elle soutint le regard sombre. Était-ce de la colère qui s'y lisait ?

Carmen n'avait nulle envie de prêter attention à autre chose qu'à la nouvelle et ineffable volupté – à laquelle elle s'efforçait de s'accoutumer – de sentir Elias en elle.

— Elias, je t'en supplie..., n'arrête pas..., gémit-elle.

Pour rien au monde, elle n'aurait voulu qu'il interrompe ce qu'il avait commencé. Elias dut saisir son intention, car il la pénétra plus profondément. Alors, Carmen eut l'impression que se déchirait de part en part le voile noir de la nuit.

— *Dios*..., souffla-t-elle, étourdie par cette sensation sublime.

Elle nicha son visage au creux de l'épaule d'Elias, tandis qu'il s'enfonçait au plus profond de sa féminité, puis se retirait doucement, avant de revenir s'y perdre. Chacun de ses va-et-vient, lent et mesuré, rendait plus aisé le passage de ce membre puissant, l'entraînant dans des territoires qu'elle attendait de découvrir depuis si longtemps.

Doucement, eut-elle envie de dire. Sauf qu'elle n'avait pas seulement oublié le terme anglais, mais jusqu'à celui en espagnol.

À vrai dire, Carmen était incapable de proférer la moindre parole. Aussi se contenta-t-elle de répondre aux assauts auxquels la soumettait Elias, bougeant à son rythme, le rejoignant dans un déferlement de plaisir. Elle avait l'impression de s'élancer du haut d'une falaise, plongeant tête la première dans la liberté qu'il lui offrait.

— Elias..., s'écria-t-elle au moment où elle se sentit parcourue par un irrépressible frémissement, mettant en éveil toutes les cellules de son corps.

Elias la fit basculer dans un néant abyssal, seulement troublé par la plainte rauque qu'il laissa échapper au moment où il se déversait en elle. Carmen lui répondit par un cri étranglé quand la jouissance la terrassa.

Lorsque Elias releva la tête, Carmen posa l'index en travers de sa bouche : elle ne voulait pas de questions. Ni que tout soit déjà terminé.

Pendant quelques secondes, ils demeurèrent silencieux, inspirant pour apaiser leurs respirations saccadées, se dévisageant l'un l'autre.

Ensuite Elias se retira. Mais, alors, il vit le sang entre les cuisses de Carmen, et la dévisagea.

— Ce n'est pas la peine d'en faire tout un drame ! dit-elle.

D'une main nerveuse, Elias rejeta en arrière la masse de ses cheveux en désordre, puis grommela d'un air sombre :

— Si j'avais su que tu étais vierge...

Carmen ne le laissa pas aller plus loin.

— Quoi ? lâcha-t-elle avec un rire amer. Tu te serais abstenu de me prendre à la hussarde sur le canapé de ton bureau ? Tu m'aurais traitée avec plus de ménagements et...

— Je me serais surtout interdit de te faire l'amour !

— De peur de me briser le cœur, peut-être ?

Elias acquiesça d'un mouvement de tête.

— En grande partie, oui. Pourquoi ne m'as-tu rien dit ?

— Nous avons pris du plaisir, tous les deux, non ? Alors pourquoi se l'interdire ? Rassure-toi, je n'ai pas l'intention de tomber amoureuse. J'avais envie de toi comme tu avais envie de moi. Inutile de compliquer les choses !

Se levant, elle fit descendre sa jupe sur ses cuisses, enfila son débardeur, puis se dirigea vers la porte.

— Il faut que nous discutions, lâcha Elias dans son dos.

— De quoi ?

Ce n'était pas la réaction d'Elias qui déstabilisait Carmen, mais plutôt la force de ce qu'elle venait de vivre.

Le sexe avait toujours été un problème pour elle. Aussi était-elle encore tout étourdie d'avoir éprouvé un plaisir aussi ravageur, de s'être totalement abandonnée aux sensations déferlant en elle. Et elle n'avait pas envie de s'en expliquer auprès d'Elias.

— Je ne cherche pas une relation sérieuse, Elias, ni que l'on me fasse des promesses. Je n'ai jamais eu besoin de ce genre de choses. Alors, ne te fais pas de souci, rien ne changera entre nous. J'avais juste envie de faire l'amour. Tout comme toi.

— Où vas-tu ?

— Me coucher, si tu veux le savoir. Et toi, tu peux aller retrouver tes amis. Il ne servirait à rien de débattre de ce qu'il s'est passé entre nous.

C'était ce dont Carmen ne voulait pour rien au monde. Mettre des mots sur ce qu'ils venaient de partager n'aurait pu qu'en gâcher le souvenir. Elle avait besoin d'un peu de temps et d'espace pour analyser tout cela.

Lorsqu'elle se glissa entre ses draps – sur le lit le plus inconfortable qu'il lui eût été donné de connaître –, elle en était encore à s'interroger sur cette disparition soudaine de toutes ses inhibitions. Sur ce qui expliquait qu'elle ait, ainsi, laissé libre cours au désir prodigieux qu'Elias lui inspirait.

Ce soir, il avait fait d'elle une femme.

Certaines choses n'avaient nul besoin d'être commentées. Il suffisait d'admettre leur existence.

10

Depuis son arrivée au ranch, Carmen n'avait pas disposé d'une seule journée de repos et elle s'était réjouie à l'avance que cela lui soit enfin possible. Ce qu'elle n'avait pas anticipé, en revanche, c'était de se sentir à ce point endolorie, au lendemain de sa première expérience sexuelle.

Certes, elle ne regrettait rien : devenir une femme entre les bras d'Elias avait été magique. Cependant, le souvenir un peu trop cuisant que cela lui laissait était une chose à laquelle aucune lecture, ni aucun film ne l'avaient préparée.

Plantée à l'arrêt du bus qui la conduirait à Santa Monica, Carmen se désolait que son statut de palefrenière ne lui permette pas d'appeler un taxi, lorsqu'une voiture gris métallisé vint s'arrêter devant elle.

— Monte ! lui intima Elias.

Son expression était presque menaçante. Allait-il la sermonner ?

— Mon bus arrive dans quelques minutes. Je vais à Santa Monica.

— Je t'y conduirai. En chemin, nous aurons une petite conversation.

Carmen constata que tous les regards étaient tournés vers eux. Cela la décida à se glisser à la place du passager.

Mais elle prit bien garde à regarder droit devant elle. Car elle était certaine qu'elle n'aurait pas hésité une seconde à revivre l'expérience de la veille – sur-le-champ ! Et peu lui importait qu'elle connaisse à nouveau désagréables irritations et inconfortables brûlures.

— Ça va ? interrogea Elias.

— Très bien. Mais je n'ai pas envie de parler de ce qui s'est passé hier soir.

— Dis plutôt que tu ne veux jamais parler de *rien*. Tu refuses de dire d'où tu viens, tu prétends être une simple employée d'écurie alors qu'il est manifeste...

— *Ici*, je ne suis rien d'autre que cela ! Si je suis venue en Californie, c'est pour me vider la tête. Simplement les chevaux me manquaient trop. Je ne suis ni une criminelle en cavale, ni une femme mariée fuyant son époux...

— Concernant cette dernière option, je m'en serais douté. Ou alors, ta lune de miel n'aurait pas été une réussite.

Elias conduisait vite, indifférent à la vue magnifique.

— Pourquoi ne m'as-tu rien dit ? reprit-il après un silence. Je suppose que tu ne prends pas la pilule...

— Tu te trompes. Je la prends pour régulariser...

Carmen se tut. Ce n'était pas le genre de choses dont elle avait envie de discuter avec Elias.

— Au moins l'un de nous a la tête sur les épaules ! fit-il.

— J'imagine que nous aurions quand même dû utiliser un préservatif, avança Carmen. D'ailleurs, j'irai faire un examen médical dès que possible.

Elle marqua une pause, et laissa échapper un petit rire gêné.

— Je ne sais pas ce qu'il se passe, ajouta-t-elle, mais j'ai quelques sensations... un peu... cuisantes...

À sa grande surprise, Elias arrêta la voiture sur le bas-côté et se tourna vers elle.

— Tu n'as pas à t'inquiéter. Habituellement, je n'ai pas de relations sexuelles non protégées…

Carmen leva une main pour l'interrompre :

— J'ai deux frères suffisamment dépravés pour savoir que les hommes sont susceptibles d'oublier toute prudence ! lâcha-t-elle avec une moue ironique.

— Eh bien, dans mon cas, c'est la pure vérité. Et si tu as mal aujourd'hui, c'est juste parce que j'ai été trop brutal avec toi, et je t'en demande pardon. Surtout, dans la mesure où c'était ta première fois. J'aurais dû me contrôler davantage. Mais je n'ai pas l'expérience…

— De faire l'amour avec une vierge, c'est ça ?

— *Carmen*…, je ne fréquente que des femmes averties… qui savent ce que je veux dire quand j'affirme que je ne souhaite pour rien au monde une relation…

— Alors, ça tombe bien que tu sois mon premier amant, parce que moi non plus je n'en voudrais sous aucun prétexte. Si je suis venue aux États-Unis, c'est pour apprendre à me connaître moi-même, et personne d'autre. J'ai suffisamment de soucis familiaux… Mais je n'ai pas envie d'en parler…

— J'avais remarqué.

— Nous sommes d'accord pour ne pas entamer une relation, alors, à quoi bon ?

Levant les paumes pour montrer que tout était dit, Carmen haussa les épaules.

— Certes, mais cela ne signifie pas que l'on doive s'interdire tout échange, objecta Elias. Il existe entre nous quelque chose… d'étonnant… qui ne date pas d'hier…

Carmen cligna des paupières.

— Ce n'est pas faux, dit-elle. J'ai eu envie de venir vers toi dès le moment où je t'ai vu à l'extérieur de l'hôtel…

— Je n'attendais que ça, répliqua Elias. Quoi qu'il en soit, tu aurais dû me dire que tu étais vierge.

— Si je l'avais fait, maugréa Carmen, je le serais encore.

À n'en pas douter, faillit lâcher Elias. Car sa raison lui aurait intimé de tourner les talons. Pour être honnête, il se devait d'admettre qu'il n'aurait peut-être pas obéi à cet ordre...

— Je ne sais pas..., reconnut-il. Peut-être...

Pendant quelques secondes, Elias dévisagea Carmen, s'attardant sur la bouche pulpeuse... Mais, non ! Cela faisait bien trop longtemps qu'il ne s'était pas autorisé des ébats amoureux dans une voiture.

Aussi, mit-il le clignotant et s'engagea-t-il sur la route. Puis, il se risqua à chercher à en savoir un peu plus sur sa passagère – un défi bien plus grand que l'embrasser !

— Ainsi, tu as deux frères, c'est cela ? Et si j'ai bien compris, ils sont du genre ... « dépravé »...

— Non ! Je voulais dire qu'ils ont mené l'existence de play-boys patentés, avant de se ranger en épousant deux Anglaises, amies d'enfance, Anna et Emily.

— Tu apprécies tes belles-sœurs ?

— Plus ou moins. Et toi, tu t'entendais bien avec la tienne ?

— Pas vraiment, non, reconnut Elias. Je ne l'ai jamais dit à Joel, cependant.

— Je croyais que vous étiez très proches, s'étonna Carmen. Pour ma part, je ne me suis pas privée de dire franchement à mes frères ce que je pense de leurs femmes.

— Et comment l'ont-ils pris ?

— Pas très bien. Mais ça ne me dérange pas. Je ne vois pas l'intérêt de nouer des relations amicales avec mes belles-sœurs. Rien ne garantit que les couples qu'elles forment avec mes frères sont faits pour durer.

Si Elias s'était toujours considéré comme peu communicatif, Carmen était une véritable forteresse, défendue par de hautes murailles. Mais pourquoi n'essaierait-il pas de les faire tomber ? Tout au moins en partie. Juste pour la connaître un peu mieux. Pour cela, il faudrait peut-être qu'il se livre à quelques confidences préalables.

— Si je n'ai jamais dit à Joel que je n'appréciais pas sa femme, c'est parce que cela ne me semblait pas important. Lorsque j'ai fait la connaissance de Seraphina, elle travaillait pour notre mère qui était décoratrice.

— Elle ne l'est plus ?

— Non, elle n'a pas retravaillé depuis la mort de Joel. Aujourd'hui, elle se consacre à entretenir son souvenir à travers la fondation qui porte son nom.

— Et Seraphina ?

— Elle est restée très proche de mes parents. Ils l'adorent.

— Pas toi, si je comprends bien ?

— Non. Je l'ai toujours trouvée… *fausse*. J'ai essayé de le dire à Joel, une fois. Il ne l'a pas très bien pris…

— Vous vous êtes battus ?

Elias éclata de rire.

— Non ! protesta-t-il. Nous n'en sommes pas arrivés là.

— Ça aurait pu être le cas avec mes frères. Il y a eu des moments un peu… compliqués, entre eux. Ils travaillent ensemble. La bodega n'a pas toujours été un endroit paisible.

— La bodega ?

Carmen rougit, et elle se tourna vers la portière.

— Oui, c'est un genre de… d'épicerie fine, expliqua-t-elle.

Ils venaient d'entrer dans Santa Monica, et elle ouvrit des yeux ronds en voyant, au loin, la célèbre jetée sur pilotis.

— Waouh ! s'exclama-t-elle. J'aurais dû venir ici plus tôt !

Bien qu'il ait eu l'intention de seulement la déposer, Elias trouva une place pour sa voiture et déclara :

— Je connais un endroit très agréable pour un brunch.

— Non, merci, répliqua Carmen. Je préfère profiter de ma journée toute seule, sans avoir besoin de faire des efforts parce que mon patron a décidé de m'accompagner.

— Depuis quand est-ce que tu fais des efforts pour moi ? fit Elias avec une moue ironique.

— Écoute..., répondit Carmen avec un sourire, je veux juste me promener tranquillement..., acheter des souvenirs pour ma famille..., voir les endroits que m'a indiqués Laura...

— J'espère qu'elle ne t'a pas donné l'adresse de l'une de ses voyantes ! Tu n'as pas l'intention d'y aller, au moins ?

— Et pourquoi pas ?

— Ces gens-là sont redoutables ! Il vaut mieux ne pas s'y aventurer.

Elias savait combien il était facile à ces baratineuses de profiter de la fragilité d'une personne en deuil. Carmen serait peut-être une proie facile.

— Je peux t'y accompagner, si tu veux, offrit-il.

— Pas question ! s'écria Carmen en éclatant de rire. On a seulement fait l'amour une fois, et tu veux déjà m'accompagner chez une extralucide ?

Elias ne put s'empêcher de sourire.

— Je me débrouillerai très bien toute seule, le rassura-t-elle.

Carmen avait raison : la façon dont elle avait l'intention d'occuper sa journée de repos ne le concernait en rien.

11

Sous le soleil radieux, la célèbre promenade en bord de mer était envahie d'une foule de badauds déambulant entre spectacles de rue et étals colorés.

Carmen s'appuya à la balustrade dominant les flots bleu d'azur. Mais le spectacle des vagues n'avait rien d'apaisant. Il faisait écho au tumulte d'émotions qui régnait en elle.

Elle aurait accepté la proposition d'Elias d'aller prendre un brunch ensemble, si elle n'avait pas eu autant besoin de mettre de l'ordre dans son esprit. Il était clair qu'il s'en voulait d'avoir montré si peu de délicatesse, la veille. Et elle aurait aimé le rassurer : il n'avait pas le moindre reproche à se faire.

Elle-même ne regrettait rien – bien au contraire. Ce qui la mettait dans une telle confusion mentale, c'étaient les sentiments qui l'assaillaient. Dire qu'elle s'était crue capable de dissocier ce que son cœur et son corps lui dictaient !

Ce n'était pas pour rien qu'elle était demeurée vierge jusqu'à vingt-six ans : jamais un homme ne lui avait inspiré un désir aussi puissant que celui qu'elle ressentait pour Elias.

Carmen aimait le son de sa voix, l'odeur de sa peau, la façon dont elle sentait s'allumer en elle une petite flamme chaque fois qu'elle le voyait, l'impression de briller telle une étoile dans le regard qu'Elias posait sur elle...

Si elle avait espéré trouver la tranquillité dont elle avait besoin sur la jetée de Santa Monica, elle s'était lourdement trompée. Une joggeuse faillit la percuter, et Carmen sursauta.

— C'est la première fois que vous visitez Santa Monica ? lui lança une femme en souriant.

— Ça se voit tant que ça ? lui retourna Carmen, se forçant à lui rendre son sourire.

Mais elle fronça les sourcils en remarquant que son interlocutrice était plantée devant une tente dont les rideaux entrouverts laissaient apercevoir une table sur laquelle était posée une boule de cristal.

— Entrez, lui dit la femme avec un geste de la main.

— Non, je vous remercie..., répliqua Carmen.

— Vous craignez qu'il ne vous fasse jamais sa demande en mariage ? C'est la raison de votre expression tracassée ?

— Pas du tout !

Éclatant de rire, Carmen se disposa à reprendre sa route. Mais, derrière elle, la voyante insista :

— Je vois l'image d'un... *taureau*...

Surprise, Carmen fit volte-face.

— Votre signe astrologique est celui du Taureau ? questionna la femme.

— Oui... souffla Carmen.

Comment cette inconnue avait-elle deviné ? Elle se reprit.

— Il faut vraiment que j'y aille.

— Je peux vous mettre en relation avec quelqu'un qui aimerait beaucoup vous parler, vous savez...

Était-ce précisément parce qu'Elias l'avait mise en garde que Carmen accepta d'entrer sous la tente ? Elle n'aurait su le dire. Mais elle y précéda la voyante en se disant qu'après tout, c'était une expérience nouvelle. N'était-ce pas ce qu'elle venait chercher aux États-Unis ?

Et puis..., ce serait un tel bonheur de parler à José...

Ce fut d'une main tremblante qu'elle paya après s'être assise.

— Je vois un homme aux cheveux de jais..., commença la voyante.

— Rien d'étonnant, objecta Carmen, montrant sa chevelure. Nous sommes tous très bruns, dans la famille.

Son interlocutrice sourit.

— Impertinente, hein ? répliqua-t-elle. Maintenant, je vois une femme. Elle se fait du souci pour vous...

— Vous débitez un tissu de mensonges ! s'exclama Carmen en se levant d'un bond.

N'était-elle pas ridicule de s'être laissé manipuler, ainsi ? À sa grande horreur, elle fondit en larmes. En titubant, elle sortit de la tente, aveuglée par le soleil.

— *Carmen !*

Avant de se rendre compte de ce qui lui arrivait, Carmen se retrouva plaquée contre le torse d'Elias, enveloppée par son parfum. Trop bouleversée pour protester, elle s'abandonna entre les bras puissants, plus soulagée qu'autre chose.

— Vas-y, dis-le, sanglota-t-elle dans la chemise d'Elias. Dis que tu m'avais prévenue...

— Je t'avais prévenue..., souffla-t-il dans ses cheveux.

Carmen n'avait pas pleuré depuis l'enterrement de José. Pas comme en cet instant. Mais aussi, personne ne l'avait tenue dans ses bras comme le faisait Elias. Comme s'il était son bouclier, et qu'elle pouvait laisser tomber toutes ses défenses, car il serait là pour la protéger.

— Elle a dit que ma mère s'inquiète pour moi, mais ce ne sont que des... que des mensonges..., hoqueta-t-elle.

De nouveau, Carmen enfouit son visage dans la chemise et fut secouée de sanglots. Jamais personne ne l'avait réconfortée de cette manière, la tenant étroitement enlacée, lui permettant de pleurer tout son soûl sans lui demander de se calmer.

— Je suis désolée, finit-elle par lâcher entre deux hoquets.

Elle eut conscience de reprendre ses esprits, lorsque son humour lui revint.

— Alors, comme ça, on joue les harceleurs ? lança-t-elle d'un ton moqueur.

Elias ne répondant pas, Carmen ajouta d'une voix radoucie :

— Merci de m'avoir suivie.

— Allez, viens, dit-il en lui entourant la taille d'un bras. Je t'emmène prendre ce brunch.

— Mais j'ai les yeux rouges !

Elias lui tendit ses lunettes de soleil.

— Pas de problème, dit-il. Nous nous installerons à l'écart.

Elias leur avait trouvé une table agréablement ombragée, dans un coin tranquille d'un charmant restaurant, et Carmen buvait à petites gorgées un verre d'eau glacée, tandis que lui-même passait commande auprès du serveur.

Une fois que ce dernier fut parti chercher café et pancakes, Carmen déclara :

— J'ai tellement honte de m'être comportée aussi stupidement ! Je ne comprends pas comment je me suis laissé avoir. Cette femme m'avait annoncé que je suis du signe astrologique du Taureau, comme si elle me connaissait.

Elias tendit une main vers elle pour la débarrasser des lunettes de soleil trop grandes pour son petit visage. Lorsqu'il découvrit ses yeux rouges frangés de cils encore humides, il se rappela la fois où il l'avait trouvée dans le box de Capricorn, après qu'elle avait manifestement pleuré.

De toute évidence, quelque chose tourmentait Carmen,

et il se promit de l'aider dans la mesure de ses possibilités. Après la nuit précédente, c'était le moins qu'il pouvait faire.

— Que s'est-il passé ensuite ? s'enquit-il. Si tu me rapportes tout ce que vous vous êtes dit, je t'expliquerai comment elle a pu toucher juste.

Carmen lui raconta la totalité de l'épisode : comment elle avait ri quand la femme avait demandé si son problème était une demande en mariage qui ne venait pas ; comment elle avait montré ses cheveux noirs, s'attirant l'épithète d'impertinente ; comment la voyante avait évoqué sa mère...

Elias écouta en silence, sirotant son café.

— Tout d'abord, elle a dû se douter que tu étais espagnole, grâce à ton accent. Et à ton avis, à quoi est-ce que l'on associe habituellement l'Espagne ?

— Je ne sais pas... Le flamenco ?

Elias fit non de la tête, puis il prit sa serviette et la tint sur le côté, imitant un matador.

Carmen éclata de rire.

— Les courses de taureaux ! fit-elle.

— Si tu n'avais pas instantanément sauté sur l'idée qu'elle faisait référence à ton signe, elle t'aurait certainement entreprise sur l'Espagne et les corridas.

— Alors, je lui aurais faussé compagnie sur-le-champ.

— Peut-être, mais elle t'a vue hésiter. Or, elle avait compris que tu n'avais pas de peine de cœur. Il lui était facile de tenter l'hypothèse de la perte d'un être cher.

— Mais oui !

— Ensuite, reprit Elias, tu t'es montrée impertinente, et elle en a déduit que tu avais donné du souci à ta mère...

— Là, elle avait tout faux ! Ma mère a quitté la maison quand je n'étais encore qu'un bébé.

Elias grimaça.

—Tu penses que je me suis bêtement laissé manipuler ? questionna-t-elle.

— Ne sois pas si dure avec toi-même, répondit-il. Surmonter un deuil est une terrible épreuve.

— Certes, mais je suppose que tu n'as jamais éprouvé le besoin d'aller voir une voyante.

— Non, c'est vrai. Mais j'ai souvent parlé à mon frère en pensée. Et cela m'arrive encore.

Il s'interrompit, observant attentivement Carmen, avant de demander :

— Tu étais très proche de ton père ?

— Assez, oui. Même si nous nous disputions souvent, surtout à la fin... En fait, j'ai l'impression de continuer à me chamailler avec lui. Mes frères et moi, nous attaquons son testament. Il a laissé la maison de famille à ma mère, alors qu'il avait toujours affirmé que l'endroit me reviendrait.

Intrigué, Elias la laissa poursuivre.

— Cela faisait vingt-cinq ans qu'elle était partie ! Elle n'est revenue que parce qu'il était proche de la fin.

— Est-ce que tu tiens vraiment à contester les dernières volontés de ton père ?

— Ce sont surtout mes frères qui le veulent. Pour...

— Pour l'épicerie ?

— Oui, c'est cela.

L'air embarrassé, Carmen détourna les yeux.

— Tu ne me dis pas ce que, *toi*, tu souhaites faire ? insista Elias. Est-ce que tu veux garder cette maison ?

— Je n'arrive pas à me décider, répondit-elle. J'ai cru que je quittais l'Espagne parce que j'avais besoin de faire un break, mais c'était pour me donner le temps de la réflexion.

— Ta mère venait-elle te voir monter à cheval ? interrogea Elias.

Pourquoi, diable, s'intéressait-il aux relations entre Carmen et sa mère ? Cela ne le regardait en rien !

Sauf que, depuis quelque temps, il ne cessait d'enfreindre les règles qu'il s'était toujours fixées – des plus ordinaires aux plus graves. Une transgression de plus serait-elle dramatique ?

— Non, répondit Carmen en secouant la tête. Je l'ai souvent regretté. C'étaient mes frères et mon père qui s'efforçaient d'assister aux compétitions importantes.

— Tu es proche de tes frères ?

— Surtout d'Alejandro... Je leur ai donné pas mal de fil à retordre, pendant mon adolescence. Je me souviens du jour où mon moniteur d'équitation a dit qu'il me fallait un soutien-gorge. C'est Sebastián que j'ai envoyé l'acheter. Évidemment, il n'avait pas idée de ce qu'il fallait à une gamine de onze ans !

Carmen avait agrémenté cette anecdote d'une moue qui se voulait amusée, mais Elias trouvait qu'il n'y avait pas matière à sourire. Il fut conforté dans son opinion en l'entendant ajouter à mi-voix :

— J'aurais tellement aimé que ma mère soit là...

— Tu ne l'as pas revue pendant toutes ces années ?

À la façon dont Carmen bougea sur sa chaise d'un air embarrassé, Elias comprit qu'elle avait du mal à dire la vérité.

— Une fois ou deux... Un jour où j'avais raté mon cours de maths, au lycée, je suis rentrée à la maison en croyant que mon père était au bureau. Quand je suis passé devant sa chambre, j'ai entendu... des bruits... J'en étais plutôt heureuse parce que je souhaitais qu'il refasse sa vie. Mais, ensuite, c'est *elle* qui est sortie de la chambre. Elle portait le peignoir de *padre* !

— Elle t'a vue ?

— Oui ! Et elle n'a même pas eu l'air gênée.

— Vous vous êtes parlé ?

— Non. Elle a juste eu un petit sourire satisfait. Comme pour me dire « tu vois, j'ai gagné »...

Elias connaissait trop ce genre d'expression. Il l'avait vue bien des fois sur le visage de Seraphina. Mais c'était une tout autre chose venant de votre propre mère !

Il n'était pas du genre à prendre la main d'une femme en public, mais il fit exception – pour une fois.

— Je comprends, dit-il en enserrant dans la sienne la main de Carmen posée sur la table.

— Oh ! je ne crois pas, non.

Il ne prit pas la peine de la détromper.

— Est-ce que tu en as parlé à ton père ? interrogea-t-il.

— Ni à lui, ni à mes frères. Peut-être l'aurais-je dû ? Si mon père et Maria étaient amants depuis longtemps, elle ne manquera pas d'en faire état au procès. Peut-être faudrait-il que je prépare mes frères à cette éventualité ?

— Je m'étonne que tu ne l'aies pas déjà fait. À t'entendre, tu n'hésites pas à leur donner franchement ton opinion...

Carmen retira sa main.

— Est-ce qu'on peut parler d'autre chose ? demanda-t-elle d'un ton brusque.

Ainsi, songea Elias, cette rencontre avait blessé Carmen. Était-ce la raison pour laquelle cette formidable et ravissante jeune femme avait mis sous le boisseau toute une part d'elle-même ?

Elias n'avait pas coutume de se livrer à ce genre de conversations avec ses conquêtes. C'était prendre le risque de créer des attentes auxquelles il n'était pas prêt à répondre. Cependant, après ce qu'il s'était passé la veille, il éprouvait une forme de responsabilité à l'égard de Carmen. De plus, il avait clairement perçu la douleur qui l'habitait lorsqu'elle avait pleuré dans ses bras.

Comment aurait-il pu se désintéresser de son sort ?

12

Venice Beach était un endroit fabuleux. Elias et Carmen marchèrent longtemps sur l'interminable promenade débordante d'animation, puis sur la plage de sable fin, jusqu'à laisser la foule derrière eux. Enfin, ils s'assirent face au tumulte des rouleaux s'écrasant sur la grève. Il y avait entre eux une alchimie quasi palpable.

— Nous sommes d'accord pour considérer que la nuit dernière n'était qu'une aventure d'un soir, déclara Elias en s'allongeant. Mais aujourd'hui nous sommes techniquement dans le même créneau...

— Un créneau ? demanda Carmen. Quel créneau ?

— Celui-ci, répondit Elias en l'attirant à côté de lui.

C'était tellement merveilleux d'être ainsi allongée près de cet homme extraordinaire ! se réjouit Carmen.

— Tu n'imagines pas la peur que j'ai eue en te voyant monter Dom, reprit-il.

— J'admets que c'était un peu risqué.

— *Un peu* ?

Carmen nota les pulsations frénétiques de sa carotide.

— Tu es une formidable cavalière, ajouta-t-il.

— Ça veut dire que je pourrai à nouveau monter Dom ?

— Je t'autorise à lui faire faire un peu de travail de base, mais à la condition que quelqu'un d'autre soit présent.

Carmen fit la grimace.

— Juste du travail de base, redit Elias.

Habituellement, faire la conversation représentait pour Elias un effort considérable. Les propos échangés lui paraissaient toujours insipides.

Ce n'était jamais le cas avec Carmen...

Il percevait entre eux une affinité qu'il n'avait pas connue avec qui que ce soit depuis fort longtemps...

— Cette plage est bien plus confortable que mon matelas, observa-t-elle. Pourquoi ne fais-tu pas rénover les dépendances où tu loges ton personnel ?

— Je sais que je devrais. Ma mère allait prendre en main la réhabilitation, avant la mort de mon frère. J'espère toujours qu'elle s'y remettra. Ça lui ferait du bien...

— En attendant, nous dormons sur des noyaux de pêche !

Ébauchant un sourire contrit, Elias observa Carmen. Elle le fusillait d'un regard réprobateur. C'était tellement touchant de la voir prendre ainsi la défense de ses collègues.

Ainsi, Elias voulait toujours croire que la rénovation des logements des palefreniers constituerait un dérivatif au chagrin de sa mère, comprit Carmen.

Elle préféra changer de sujet.

— Je suis vraiment heureuse d'être venue à Malibu, dit-elle. Même si j'ai dû abandonner provisoirement la plus merveilleuse des montures.

— Comment s'appelle-t-il ? interrogea Elias.

— C'est une jument, répondit Carmen. Elle s'appelle

Presumir. En espagnol, ça signifie crâner, faire du tape-à-l'œil. Elle fait ça très bien. Je l'ai mise en pension chez un ami.

— J'imagine qu'elle te manque.

C'était plus une affirmation qu'une question, aussi Carmen ne chercha pas à donner le change.

— Chaque fois que je pense à elle, j'ai l'impression que mon cœur va exploser, avoua-t-elle. Mais j'avais besoin de prendre l'air. En Espagne, il y a un dicton qui dit : « *Huye de las personas que apagan tu sonrisa.* » Ça signifie : « Fuis tous ceux qui effacent ton sourire. » Depuis le retour de ma mère, puis le décès de mon père, j'avais cessé de sourire.

— Ainsi, tu as bel et bien fui ? questionna Elias.

— Peut-être... Ou peut-être avais-je seulement besoin de prendre un peu de distance pour savoir ce que je veux *vraiment*. Je ne sais plus très bien à quoi cela rime d'entrer en guerre avec ma mère. Récemment, elle s'est améliorée...

— Tout à l'heure, tu m'as raconté l'épisode où tu l'avais croisée sortant de la chambre de ton père. Mais tu m'avais dit l'avoir rencontrée plus d'une fois, non ?

Carmen secoua la tête, et Elias n'insista pas. N'était-il pas le premier à cacher certains événements de sa vie ? Alors, de quel droit essaierait-il de confesser Carmen ?

Tout à coup, il eut la certitude que l'unique personne à qui il pouvait se confier, c'était elle. Qu'elle seule saurait le comprendre.

— Je sais ce que c'est que le « petit sourire satisfait » qu'avait ta mère ce jour-là, reprit-il, Je le connais très bien.

— Comment cela ?

— C'est le sourire de Seraphina, quand elle arrive à ses fins.

— Tu ne l'aimes pas, à ce que je vois.

— Non ! Malheureusement, elle est omniprésente. Chaque

fois que je suggère à ma mère de se remettre à la réhabilitation, elle me conseille de la lui confier.

Marquant une pause, Elias laissa son regard se perdre dans le ciel d'azur. Il n'ignorait pas afficher une mine sombre.

— Enfin, ce que je voulais dire, reprit-il, c'est que je connais le genre de sourire que tu décrivais... Et les ravages qu'une personne de ce type est susceptible de causer.

— Pourquoi ne t'ouvres-tu pas à ta mère de ce que tu penses de ta belle-sœur ? interrogea Carmen.

— Ex-belle-sœur ! corrigea Elias. J'ai essayé, mais ma mère sait très bien éluder les sujets sensibles.

— J'ai beaucoup de chance de pouvoir discuter ouvertement avec mes frères. Enfin..., me *disputer*, plutôt.

Elias ne put retenir un sourire à cette précision.

— À quelle autre occasion as-tu revu ta mère ? s'enquit-il, désireux de changer de sujet. Tu ne veux pas me raconter ?

Poussant un profond soupir, Carmen répondit :

— Je suis allée la voir, un jour, pendant mon adolescence. J'avais envie qu'elle me conseille sur mes vêtements, mon maquillage... En fait, j'espérais me rapprocher d'elle...

— Et comment l'a-t-elle pris ?

— Elle m'a envoyée promener en disant que j'étais un vrai pot de colle. Qu'on voyait trop que j'étais en manque d'affection. Ce qui n'est pas faux ! C'est bien ce que je suis !

Carmen fit mine de pouffer.

— C'est tout ce qu'il s'est passé entre vous deux ?

— À peu près. Ensuite, dix années plus tard, mon père est tombé malade, et elle a refait surface. Je n'avais qu'une peur, c'était qu'elle reparte et achève de lui briser le cœur. Mais je dois reconnaître qu'elle a fait l'effort de rester...

Sans apporter de commentaire, Elias se borna à hocher la

tête. Carmen avait confié cela avec une expression tellement douloureuse qu'il ne savait trop que dire.

— Ils étaient en train de faire l'amour lorsqu'il est mort, enchaîna-t-elle. Mais depuis ce jour-là, elle est restée dans la maison. *Leur* maison... Avons-nous le droit de l'en chasser ? Est-ce que tu crois que les gens sont capables de changer ?

— Pas vraiment, non, répondit Elias. Accorder une seconde chance n'est pas dans mes habitudes. Une fois que j'ai tourné la page, je ne reviens pas facilement en arrière.

— Moi, j'y crois, objecta Carmen.

— Mais tu lui as *déjà* donné une seconde chance, non ?

Se mettant en appui sur un coude, Elias dévisagea Carmen, allongée près de lui. De quel droit se mêlait-il d'une situation qui ne le concernait pas ?

— Fais attention de ne pas lui offrir davantage qu'elle ne le mérite.

— Oui, répondit Carmen d'une voix distraite. Embrasse-moi, plutôt...

Elias était doté d'un potentiel érotique hallucinant, et il l'embrassait avec une passion débridée et pourtant empreinte d'une extraordinaire douceur. Ses baisers étaient comme une caresse sur son âme, la plongeant dans un sentiment de paix inouï !

— Encore..., souffla-t-elle contre sa bouche.

Comment se serait-elle lassée du contact de sa langue ?

Elias noua une jambe aux siennes, et Carmen caressa son épaule, aspirant à poser ses lèvres – au moins une fois – sur le grain de beauté sombre qu'elle y avait vu.

Oh ! cet homme... !

Cet homme qui était capable de lui arracher ses secrets,

et savait si bien apaiser le tumulte régnant en elle ! Il était terriblement dangereux.

En frissonnant, Carmen songea qu'il lui fallait absolument protéger son cœur, car il ne saurait être en sécurité dans pareilles mains. Comment était-il possible qu'un simple baiser la mette dans un tel état de faiblesse ? La conduise au bord de l'orgasme ?

Comme s'il avait perçu ses interrogations, Elias cessa de l'embrasser, et ils s'assirent tous deux pour regarder le soleil descendre à l'horizon. C'était un spectacle fabuleux, mais bien moins bouleversant que d'être soumise aux baisers passionnés d'Elias. Bien moins périlleux, aussi...

Contempler un coucher de soleil ne vous mettait pas dans le même état de vulnérabilité, réfléchit Carmen tandis qu'ils reprenaient le chemin de la voiture.

Après un dernier regard à la longue plage, tandis que la voiture les emportait vers Malibu, Carmen suivit des yeux un avion dans le ciel aux nuances rosées.

Bientôt, l'un de ces grands oiseaux la ramènerait dans son pays, où elle retrouverait tous les conflits familiaux. Il fallait qu'elle ait toute sa tête pour les affronter. Pas qu'elle soit éperdue de désir pour un homme qui avouait clairement être incapable de nouer une relation solide, et dont la réputation de play-boy égalait celle de ses frères.

Ce serait tellement facile de se laisser séduire par Elias ! Ensuite, quand elle serait folle de lui – car cela ne manquerait pas d'arriver –, il lui briserait le cœur. Qu'il la rejette serait quelque chose d'insurmontable, dans l'état mental où elle se trouvait. Par conséquent, il serait plus sage qu'elle mette un terme à cet embryon de liaison avant qu'Elias ne s'en charge. Et qu'elle se sente une nouvelle fois abandonnée...

Lorsque la voiture s'engagea dans le chemin menant au ranch d'Elias, il demanda :

— Est-ce que je peux t'inviter à boire un verre ?

— Je te remercie, mais je crois qu'il ne vaut mieux pas.

Il immobilisa le véhicule et se tourna vers elle.

— Comme tu voudras, dit-il. Je dois jeter un coup d'œil à Homer, mon vieux cheval. Ensuite je te reconduirai au bâtiment des palefreniers, si tu veux.

Ils s'approchèrent de l'enclos où paissait un cheval roux. Ce dernier s'approcha, et Elias lui flatta affectueusement l'encolure.

— Salut, lui dit-il. Tu sais qu'il fait déjà nuit, mon vieux ?

L'animal fourra son museau contre la main de son maître. Lorsqu'il tourna la tête vers elle, Carmen se rendit compte qu'il était aveugle et son cœur se serra.

— Il n'a pas l'habitude que j'emmène des visiteurs aussi tard le soir, dit Elias.

— Alors, il serait malpoli de ne pas me présenter, observa Carmen.

Émue, elle comprit qu'Elias n'avait pas hésité à la conduire là où il devait avoir pour habitude de trouver refuge.

— Homer, dit-il au cheval, je te présente Carmen. Quand je l'ai rencontrée, elle était serveuse. Maintenant, elle fait semblant d'être une simple palefrenière.

Carmen pouffa. Mais son rire se perdit dans la nostalgie que lui inspirait le fait de voir Elias dans son environnement familier. Tout à coup, elle se sentait épouvantablement loin de chez elle.

— Ma famille me manque..., souffla-t-elle en caressant les oreilles d'Homer. Je ferais mieux de rentrer...

— En Espagne ? questionna Elias, déconcerté.

Cette fois, Carmen ne put se retenir d'éclater de rire.

— Non ! fit-elle. Enfin, pas tout de suite. Je parlais d'aller me coucher.

— Tu ne veux vraiment pas d'un dernier verre chez moi ?

Découvrir la demeure d'Elias ne serait certainement pas une bonne idée, songea Carmen. De plus, elle n'ignorait pas comment cela risquait fort de se terminer.

— Non, je me lève tôt demain matin. répondit-elle. Et puis, je n'ai pas envie de susciter les ragots.

Elle vit Elias plisser les paupières. Apparemment, il n'était guère habitué à se voir repoussé.

— Je travaille et vis avec mes nouveaux amis, expliqua-t-elle, et tout se passe très bien. Je n'aimerais pas qu'ils changent d'attitude avec moi. Ni toi non plus, d'ailleurs.

— Je ne vois pas pourquoi j'agirais ainsi ?

— Mais parce que c'est ce que, *moi*, j'attendrais de ta part ! Si je devais passer mes nuits dans ton lit, je supporterais très mal que tu me battes froid pendant la journée. Je réclamerais des bouquets de fleurs, des dîners au restaurant... Bref, toutes ces choses que tu ne voudrais pas me donner ! Et comment imagines-tu que Blake me passe un savon si j'étais en retard, le matin, en sortant de chez toi ? Ce serait une situation impossible, aussi bien pour lui que pour moi.

Dans le regard qu'Elias promenait sur elle, Carmen se demanda si c'était de l'admiration qu'elle lisait.

— D'accord, fit-il. Mais comment te sens-tu ?

— Bien mieux que ce matin. Je te remercie pour cette journée. Et pour hier soir, aussi. Je ne regrette rien.

Elle ne tarderait pas à avoir des regrets amers, cependant, si elle s'autorisait des sentiments plus profonds pour Elias.

— Bonne nuit, ajouta-t-elle avant de tourner les talons.

Une fois arrivée au bâtiment des palefreniers, Carmen s'assit à l'un des bancs de la cuisine d'été. Le lieu était désert.

Contrairement à Elias, elle croyait aux secondes chances – comme elle croyait ardemment à l'amour, mais pas avec un play-boy au cœur sec...

Prenant son téléphone portable, elle cliqua sur le numéro de sa mère.

— *Holà, Mamá*, fit-elle, employant ce terme pour la première fois depuis des années.

Maria ne prit pas le temps de se perdre en civilités.

— J'ai rendez-vous avec mon avocat demain matin, lança-t-elle tout à trac. Il dit que tes frères et toi n'avez pas le droit de me priver de la maison où mon mari est mort à mes côtés...

— *Mamá*, l'interrompit Carmen, j'ai décidé que je ne contesterai pas le testament. Je vais appeler Sebastián pour le lui dire. Je sais que nous ne nous sommes jamais très bien entendues, mais j'espère que nous y parviendrons...

Fixant les myriades d'étoiles dans le ciel, Carmen songea qu'enfin elle savait qui elle était et ce qu'elle voulait.

Grâce à Elias qui lui avait fait passer la meilleure nuit et la meilleure journée de sa vie.

Elle n'avait aucun regret...

13

Le lendemain, Carmen ne vit pas Elias de toute la journée. D'une certaine façon, elle en fut soulagée. Rien ne garantissait qu'elle parvienne à ne pas rougir en sa présence.

Par ailleurs, elle fut particulièrement occupée par les appels de ses frères cherchant à la faire revenir sur sa décision.

— J'écoute ce que me dit mon cœur, dit-elle à Sebastián.

— Tu ferais mieux d'utiliser ta cervelle ! aboya-t-il.

C'était pourtant ce qu'elle s'efforçait de faire – avec l'énergie du désespoir – lorsqu'elle pensait à Elias.

Ce fut une déception de ne trouver dans sa chambre ni bouquet de fleurs, ni même un petit mot glissé sous sa porte... Quelque preuve que les moments partagés avec Elias comptaient autant pour lui que pour elle.

Carmen se reposait sur sa rudimentaire couche, quand Laura ouvrit sa porte à la volée :

— Lève-toi ! lui lança-t-elle, tout excitée. On vient nous livrer de nouveaux matelas. Dépêche-toi de défaire ton lit !

L'un après l'autre, les employés vinrent en faire de même, et Carmen s'inquiéta à la pensée que personne ne devrait être dans les parages lorsque le traiteur apporterait les *albondigas* commandées pour régaler l'équipe.

Fort heureusement, la camionnette de livraison passa

inaperçue, parmi celles apportant matelas et linge de lit. Soulagée, Carmen versa les boulettes espagnoles dans l'énorme marmite servant à tout le monde.

Sur la grande ardoise surplombant le plan de travail, on avait noté les numéros des portables d'Elias et de Blake, en cas de nécessité. Carmen avait beau détourner le regard, il lui était impossible d'ignorer celui d'Elias.

Laissant la nourriture réchauffer tout doucement, elle alla jeter un coup d'œil à son nouveau lit, tendu de draps de lin.

Ce n'était pas aussi romantique qu'un bouquet de fleurs, mais cela signifiait quand même quelque chose...

Prenant son téléphone, elle tapa un message, le cœur battant la chamade.

Maintenant, je n'aurai plus l'impression d'être *La Princesa y el Guisante* !

Carmen n'eut pas le temps de chercher la traduction : une troupe affamée se faisait déjà entendre au rez-de-chaussée.

La journée au bureau avait paru interminable à Elias. Cependant, en dépit d'un emploi du temps des plus chargés, il était parvenu à donner consigne à son assistante de faire apporter matelas neufs et linge de lit aux logements des palefreniers.

De retour à Malibu, il resta à caresser les naseaux d'Homer en écoutant les rires qui lui parvenaient de la cuisine d'été. Cela ne lui ressemblait pas d'éprouver ce sentiment de solitude... Faisant défiler les messages sur son portable, il s'arrêta à celui de Carmen.

Elias sourit en trouvant la traduction de l'expression espagnole : *La Princesse au petit pois...*

Une fois chez lui, il répondit :

Qu'est-ce que tu leur as cuisiné pour dîner ?

La réponse ne tarda pas :

Des *albondigas*. Des boulettes espagnoles dans une savoureuse sauce tomate au vin rouge, accompagnées de pain aux herbes, croustillant.

Carmen mentait épouvantablement mal ! s'amusa Elias. Sa description correspondait, à la virgule près, à celle du menu du restaurant chic d'où elle s'était fait livrer.

Il faillit répondre :

Qui es-tu *vraiment*, Carmen ?

S'il s'était écouté, il aurait foncé tête baissée la rejoindre... Au lieu de cela, il laissa son regard errer sur l'assortiment de photos encombrant la desserte. Contemplant son frère, radieux aux côtés de sa ravissante épouse, Elias serra les dents. Joel était tellement fier du couple qu'il formait avec Seraphina !

Avec Carmen, Elias avait commencé à se livrer. Bien trop dangereusement... Il préféra lui envoyer le genre de réponses insipides dont il avait le secret :

Ça a l'air délicieux.

14

Elias avait fait tout son possible pour rester à distance de Carmen la semaine entière. Le vendredi, cependant, il n'eut d'autre choix que de se rendre aux écuries. C'était la veille de la finale, et il ne pouvait pas en laisser toute l'organisation à Blake. À son arrivée, le calme du lieu lui sembla inquiétant.

— Où est Dom ? demanda-t-il à Blake en trouvant le box vide.

— Au manège, répondit-il. Avec Carmen. Elle a dit que tu étais d'accord. Qui c'est, cette fille ? Quelqu'un qui parle à l'oreille des chevaux ?

— En quelque sorte.

Haussant les épaules, Elias se dirigea vers le manège. Une fois là-bas, il prit place dans les gradins. Dom caracolait, et Carmen était plantée au centre de l'arène. Elle avait revêtu l'uniforme des écuries, tout en lui donnant une note personnelle : le polo était noué sous sa poitrine, et elle portait ses bottes cubaines dont le talon lui allongeait la jambe.

— Tu veux que je te le laisse ? lança-t-elle.

— Non, je te regarde.

Il n'aurait pas assez d'une journée entière pour la contempler ! Pouvait-il s'autoriser à jouir du temps qu'il leur restait, sans rompre la promesse faite à son frère ?

— Prêt pour la finale ? lui lança Carmen.

— À peu près, oui. Tu sais qu'il y aura un bal, ensuite ?

— Je t'ai déjà dit que je déteste ça. Et puis, je n'ai pas prévu de robe de soirée dans mes bagages.

— Je peux y remédier…

— Pas question !

Décidément, il n'avait jamais rencontré une femme si indomptable ! Si énigmatique, aussi.

— Les langues iraient bon train si tu m'offrais une robe pour danser avec moi, ajouta-t-elle d'un ton brusque.

— La coutume veut que je danse avec tout le personnel, répondit Elias. Enfin, seulement les femmes, bien sûr.

Carmen se remit à faire travailler Dom, ignorant sa remarque. Cette semaine loin d'elle avait été interminable, songea Elias. Il prit son portable et lui envoya un SMS.

Viens me rejoindre chez moi, ce soir.

Sentant vibrer son téléphone, Carmen l'extirpa de la poche de son jodhpur. Elle éclata de rire, et fit non de la tête.

Elias quitta les gradins pour la rejoindre sur la piste. Il avait gardé son costume de ville, et elle fut fascinée par son élégance. Il semblait avoir légèrement maigri, et elle se demanda si c'était en vue du match du lendemain. Mais lorsqu'il s'approcha, elle remarqua les cernes sous ses beaux yeux sombres. Il y brillait un désir qui lui serra la gorge.

— Carmen…, souffla-t-il en lui prenant la longe des mains pour aller attacher Dom à la balustrade.

Revenant vers elle, Elias enserra sa taille de ses mains brûlantes.

— Pas ici…, murmura-t-elle.

— Alors, rejoins-moi ce soir.

— Elias…, je ne suis pas sûre que ce soit une bonne idée.

— Moi, si. Je veux me rattraper pour l'autre soir. Parce que si j'avais su que tu étais vierge, je t'aurais fait l'amour avec plus de précautions...

Carmen ne put s'empêcher de sourire. Lorsque les lèvres d'Elias se posèrent sur les siennes, une onde de désir la parcourut.

— On pourrait venir..., protesta-t-elle contre sa bouche.

— Alors, nous reprendrons tout ça chez moi. Je m'occupe du repas. À mon tour de préparer une paella. Et même si notre histoire n'a pas d'avenir, tu mérites mieux que te faire culbuter sur le canapé d'un bureau...

— J'ai adoré me faire... « culbuter », comme tu dis.

Elle avait prononcé ce mot nouveau avec délectation, mais son cœur battait à tout rompre. Ces quelques semaines à Malibu avaient été parmi les plus heureuses de sa vie. Et elles avaient guéri son âme tourmentée. Carmen commençait enfin à savoir qui elle était. Loin de la fortune familiale, de sa brillante carrière, de son patronyme lui ouvrant toutes les portes...

Jamais elle n'avait été à l'aise avec un homme comme avec Elias. Dire qu'il ne connaissait même pas son nom !

— Je ne veux pas gâcher les choses entre nous, dit-elle.

— Pourquoi cela arriverait-il ?

Devant la moue dubitative dont elle gratifia Elias, il ajouta :

— Nous ne risquons pas grand-chose à passer une soirée ensemble, puis à danser deux ou trois fois au bal de demain...

Carmen soutint le regard de braise posé sur elle. Pour la première fois de sa vie, elle éprouvait un frémissement d'excitation à l'idée de s'habiller pour un bal. Ne pouvait-elle écouter son cœur, comme elle l'avait dit à son frère ? Même si c'était jouer avec le feu, en prenant le risque de tomber amoureuse de cet homme...

Si ce n'était déjà fait !

— D'accord pour ce soir, fit-elle. Et pour le bal.

— Est-ce que tu as besoin de prendre ton après-midi pour aller acheter une toilette pour demain ? Je peux tout à fait...

Levant une main, Carmen l'interrompit.

— N'en dis pas plus ! Je serai chez toi, ce soir, à...

— 19 heures.

— Parfait.

Elias tourna les talons et quitta le manège, laissant une Carmen quelque peu déconcertée. Voilà qu'elle se retrouvait obligée de trouver une toilette pour le bal du lendemain, et qu'elle avait bêtement refusé de prendre son après-midi !

Prenant son téléphone, elle fit défiler les noms de ses contacts, en quête de quelqu'un à qui demander un conseil.

Anna..., Emily... Non. Maria !

— *Holà, Mamá.*

— *Carmen ! Cómo estás ?*

Même si Maria avait pris la peine de demander à Carmen comment elle allait, elle annonça instantanément n'avoir guère le temps de bavarder.

— Je voulais juste savoir le nom du designer qui crée les robes de tes spectacles de flamenco, expliqua Carmen.

— Carmen, ces robes prennent des semaines à être réalisées. En plus, elles conviennent mieux à des femmes qui ont un peu plus de formes que toi... Qui sont plus féminines...

Pourquoi fallait-il qu'à chaque fois qu'elle parlait à sa mère, tout l'enthousiasme de Carmen s'écroule comme un château de cartes ?

— Ce n'est pas grave, *Mamá*. Je vais me débrouiller.

Carmen cliqua sur un autre numéro de téléphone. Celui du capitaine du yacht de son frère. Dante était la seule personne susceptible de l'aider à sortir de cette impasse.

— *Capitán* ? fit-elle. *Por favor...*

Et elle lui exposa la situation.

— Laissez-moi faire, *señorita* !

Carmen n'avait jamais été autant excitée par la perspective d'un rendez-vous avec un homme !

Par téléphone, elle passa commande d'un bouquet de fleurs, de bouteilles de vin, et de chocolats, tout en donnant des instructions très précises sur les modalités de leur livraison.

Puis, elle passa un temps interminable sous la douche. Enfin, elle extirpa de son sac à dos une petite robe noire, à bretelles, du genre que l'on peut plier comme un vulgaire mouchoir sans risquer de la froisser ; une paire de ballerines, achetée du temps où elle était serveuse ; et sa plus jolie culotte – les bretelles de la robe interdisaient le soutien-gorge.

— Waouh ! s'exclama Laura en la voyant descendre. Où vas-tu comme ça ?

— À un rendez-vous avec un type que j'ai rencontré sur un site, répondit Carmen. Ah, voilà mon taxi !

Le chauffeur semblait passablement interloqué d'avoir affaire à une cliente ayant exigé que fleurs, vins et chocolats soient apportés par sa voiture. Son étonnement fut à son comble lorsque Carmen lui indiqua qu'il devait la conduire au ranch voisin de quelques centaines de mètres, après avoir pris la précaution de quitter la propriété pour y revenir par une autre entrée.

De plus, elle lui intima de se garer à l'abri d'un bosquet, aux deux tiers de la longue allée menant à l'habitation d'Elias.

— Mes colocataires sont très indiscrets, se justifia-t-elle en donnant un somptueux pourboire au malheureux.

Elias vit Carmen sortir de la voiture – les bras chargés –, et il demeura bouche bée en découvrant sa tenue. Elle était aussi élégante que s'il l'avait invitée dans l'un des restaurants les plus chics de Beverly Hills. En comparaison avec la façon dont il l'avait toujours vue accoutrée, c'était à n'y pas croire.

Disparue « *la Princesse au petit pois* » ! Il avait affaire à une Blanche-Neige particulièrement sexy.

Ce fut en se répétant qu'elle n'avait aucune intention de finir la soirée avec le cœur brisé, que Carmen gagna lentement le porche menant à la résidence d'Elias.

En haut des quelques marches dallées de superbes mosaïques, une imposante porte en bois était déjà entrouverte.

— Salut ! fit Elias.

Pour toute réponse, Carmen lui sourit largement.

Vêtu d'un pantalon noir et d'une chemise en lin de couleur crème, il dégageait un parfum divin. Carmen se contenta de l'embrasser sur la joue, certaine que tous ses paquets auraient atterri au sol si leurs bouches s'étaient rencontrées.

— C'est pour toi, dit-elle en lui tendant le bouquet. Je trouve qu'on n'offre pas assez souvent des fleurs aux hommes.

— C'est vrai, acquiesça Elias. Je te remercie.

— Hmm, ça sent très bon, chez toi.

— J'ai fait la paella que je t'avais promise ! Mais, entre donc !

Carmen demeura un instant figée dans le hall. De l'extérieur, elle avait pensé que le ranch était construit sur deux étages, or il n'en était rien. L'immense espace était sur un seul niveau, avec des plafonds cathédrale soutenus par une charpente aux poutres massives.

Si Carmen avait l'habitude du luxe, ce qu'elle découvrait dépassait largement toute notion d'hédonisme. La décoratrice – en l'occurrence, la mère d'Elias – n'avait pas simplement recherché un maximum de satisfaction esthétique, mais elle s'était également souciée de créer un chaleureux foyer. Un véritable *chez-soi* !

Elias conduisit Carmen jusque dans le somptueux espace de vie s'ouvrant sur l'océan – une vue à couper le souffle ! L'éclairage subtil permettait de découvrir, sur les côtés, une bibliothèque ainsi qu'une salle à manger. Mais ce qui retint avant tout l'attention de Carmen fut la partie centrale de ce gigantesque espace : en léger contrebas, d'immenses canapés en cuir et des fauteuils à oreilles, entouraient une cheminée monumentale dont elle n'aurait pu atteindre le manteau que sur la pointe des pieds.

— Ce doit être merveilleux de s'installer là en hiver, dit-elle. Ta maison est magnifique !

— Je te remercie, répondit Elias. Et j'ai le plaisir de t'annoncer que ma mère a fini par accepter d'assurer la réhabilitation du bâtiment des palefreniers. J'ai eu une longue conversation avec elle.

— Oh ! fit Carmen. Moi aussi, j'ai parlé à la mienne. Il semble que nous ayons surmonté nos différends...

— C'est bien, répliqua Elias sans beaucoup d'enthousiasme. Qu'est-ce que je peux t'offrir à boire ?

— Est-ce que tu as du xérès ? Du Romero, si possible.

Elias se dirigea vers un bar qui aurait pu convenir à une bodega, en déclarant :

— Je ne suis pas un grand connaisseur dans ce domaine.

Il leva vers Carmen une bouteille d'une marque concurrente de celle de sa famille.

— Ça ira, dit-elle.

Si mes frères me voyaient ! songea-t-elle, tandis que son hôte versait le liquide ambré dans un petit verre du genre de ceux que les Anglais utilisent – bref, tout à fait inadéquat.

— Pourquoi souris-tu ? demanda Elias.

— Juste parce que...

Carmen trempa les lèvres dans le breuvage, et Elias dut noter la très légère crispation de son visage, car il s'enquit :

— Tu ne l'aimes pas ?

Haussant une épaule, Carmen répondit :

— Il est passable.

Se reprochant ce qui avait dû paraître une impolitesse à Elias – lequel ne pouvait savoir qu'il avait affaire à un palais particulièrement exercé –, elle essaya de se rattraper :

— Je voulais dire que...

Il ne la laissa pas aller plus loin, et prit son verre pour y tremper les lèvres à son tour.

— Oh ! mais il est tout simplement infect ! s'exclama-t-il.

Carmen le regarda en souriant. Elias avait beau ignorer son identité, il venait de montrer qu'il l'acceptait telle qu'elle était, avec ses habitudes, sa culture...

C'était un cadeau inestimable.

À l'inverse du xérès, le dîner se révéla un véritable festin.

Elias avait fait asseoir Carmen à une table dressée avec raffinement, pour déguster une paella succulente.

— Elle est presque aussi bonne que la mienne, dit-elle.

— Merci du compliment !

Pendant quelques secondes, Elias plongea un regard interrogatif dans celui de Carmen, avant de demander :

— D'où est-ce que tu viens, Carmen ?

— De Jerez, dans le sud de l'Espagne.

— Et tu as toujours fait du cheval ?

— À partir de l'âge de quatre ans, seulement.

Elle marqua une pause pour prendre un peu de sauce avec le pain délicieusement croustillant. Assurément, Elias avait fait appel au même traiteur qu'elle-même, ce dont elle ne pouvait faire état.

S'interrogeant une fraction de seconde, Carmen se dit qu'il y avait certaines choses qu'elle pouvait lui confier sans risque.

— Mon père avait envoyé une photo à ma mère, reprit-elle, sur laquelle je lui avais semblé un peu trop... potelée. Aussi, elle voulait que je prenne des leçons de flamenco. Dans ma tête d'enfant, je m'étais figuré qu'elle allait revenir à la maison pour m'enseigner cette danse qu'elle pratiquait. Quand j'ai compris qu'elle voulait qu'on m'inscrive dans un cours donné par une autre, j'ai coupé mes cheveux et déclaré que je préférais me mettre à l'équitation. J'étais furieuse !

— Tu danses avec les chevaux, observa Elias. Je le sais. Je t'ai vue faire.

Carmen hocha la tête, le cœur serré. Elle aurait tellement aimé montrer à Elias ce dont elle était capable ! Il aurait suffi qu'elle ouvre quelques vidéos, sur son portable.

Mais est-ce que cela n'aurait pas gâché leur soirée ?

— Et toi ? fit-elle. Quand as-tu commencé à monter ?

— J'avais dix ans. C'était pendant un camp de vacances. Ensuite, j'ai commencé à aller traîner sur un terrain de polo, voisin de chez nous, et je m'y suis intéressé. Au grand dam de mon père qui aurait voulu que ses deux fils se passionnent exclusivement pour les affaires familiales...

— Ce qui n'est pas ton cas ?

— Non. Joel s'y investissait davantage que moi.

Pendant quelques secondes, Carmen dévisagea Elias. Puis elle se risqua à demander :

— Est-ce que tu penses que tes parents regrettent que ce soit ton frère qui soit mort, et pas toi ?

Si quelqu'un d'autre que Carmen avait posé cette question, Elias n'aurait certainement pas gardé son calme. Sauf qu'il se rendait compte qu'il était fou de Carmen. Suffisamment pour ne plus être surpris par sa façon parfois brutale d'aborder les choses de la vie.

— Non, dit-il d'un ton serein. Ils étaient anéantis, bien sûr, mais ils ne m'ont jamais donné l'impression qu'ils auraient préféré que ce soit moi. Même si, pour ce qui est du travail, les relations sont un peu plus tendues entre mon père et moi que celles qu'il avait avec Joel.

— Tu envisages de quitter l'affaire ?

— Je ne sais pas. Peut-être me mettre partiellement en retrait... Si au moins je pouvais être débarrassé de tout ce qui concerne cette fichue bourse à la mémoire de Joel !

— Alors, remporte la victoire, demain, déclara Carmen. Ce sera un bel hommage à ton frère, tu ne crois pas ?

— J'admire ta belle lucidité, répliqua Elias. C'est un bonheur de discuter avec toi.

— Dis plutôt que tu attends avec impatience de me mettre dans ton lit ! railla Carmen.

Mais cela attendrait encore un peu, résolut Elias. Car il prenait un plaisir inattendu à refaire le monde avec Carmen, tout en mangeant des chocolats et en écoutant de la musique, serrés l'un contre l'autre sur l'un des profonds canapés.

Et tandis qu'elle fermait les yeux pour s'imprégner de la musique, il comprit qu'il allait au-devant de sérieux problèmes. Une seule soirée en compagnie de Carmen ne lui suffirait pas !

Carmen sentit la main d'Elias lui caresser le visage comme la musique caressait son âme. Elle aurait donné n'importe quoi pour que la perfection de cette soirée ne s'arrête jamais...

Il écarta la bretelle sur son épaule, faufilant sa main sous son décolleté pour la refermer sur un sein, titillant un téton durci. Jusqu'à ce qu'elle meure d'impatience qu'il dispense les mêmes délices à l'autre.

Mais au lieu de cela, Elias remonta la robe sur ses cuisses, et la paume brûlante se souda à son ventre, avant qu'il n'y décrive des arabesques, descendant de plus en plus bas, la mettant au supplice – le plus divin des supplices !

Elias s'interrompit, et elle gémit :

— N'arrête pas...

— Chut..., laisse-moi faire...

De nouveau, Carmen ferma les yeux, serrant les paupières, car les longs doigts s'insinuaient maintenant au cœur de sa féminité, et ils savaient exactement où prodiguer leurs savantes pressions. Elle faillit crier, mais se mordit la lèvre, concentrée sur la sensation de ces flèches incandescentes partant du bouton ultrasensible, pour atteindre ses cuisses, son ventre, ses seins...

— Si, l'autre soir, j'avais su que c'était ta première fois, j'aurais fait ça..., souffla Elias dans son cou en faisant aller et venir ses doigts entre ses plis intimes.

Carmen se cambra pour mieux s'offrir à ses caresses.

— Embrasse-moi ! supplia-t-elle.

Ouvrant les yeux, elle fixa Elias pendant quelques secondes, avant de fermer à nouveau les paupières pour s'abandonner au plaisir qu'il lui donnait.

Creusant les reins, Carmen hissa son bassin à la rencontre du flot incandescent qui la submergeait, consciente qu'Elias la dévorait du regard tandis qu'elle jouissait contre sa paume.

— Viens..., murmura-t-il en la faisant se lever du canapé.

Les jambes flageolantes, elle suivit Elias sans se préoccuper de là où il la conduisait. Il aurait pu la précipiter dans l'abîme sans qu'elle ne proteste.

La vaste chambre était baignée d'une lumière tamisée, et les rideaux avaient été tirés pour la nuit. Le lit était ouvert, les draps rabattus comme dans un palace.

Elias commença à déboutonner sa chemise, mais elle s'interposa.

— Laisse-moi faire, dit-elle.

Enfin, Carmen put caresser le grain de beauté sur son épaule, comme elle l'avait rêvé. Puis elle promena ses doigts sur les mamelons plats, et nicha son visage entre les pectoraux d'airain, juste pour le plaisir d'inhaler leur odeur virile.

Elle continua à explorer le corps d'Elias tandis qu'il finissait de se déshabiller. Lorsqu'ils furent nus l'un contre l'autre, pour la première fois, elle eut le sentiment que les choses étaient enfin comme elles devaient être.

— J'aurais dû t'embrasser comme cela, fit-il en prenant sa bouche.

Il y avait tant de douceur, tant de délicatesse dans la façon dont les lèvres chaudes exploraient les siennes, que cela mit Carmen au bord des larmes. Lorsque Elias la fit reculer vers le lit – la poussant doucement de son propre corps –, elle noua les bras autour de son cou pour s'y cramponner tandis qu'il l'allongeait.

Carmen ne pouvait se lasser de promener ses mains avides sur les épaules, le dos, les fesses merveilleusement musclés. Elle gémit contre la bouche d'Elias quand il y insinua sa langue, puis lui écarta les cuisses. C'était à peine si elle parvenait à se contrôler, à attendre qu'il lui donne davantage, qu'il la possède...

— Si, l'autre soir, j'avais su..., redit-il.

Puis, sans un mot de plus, il entra en elle très doucement.

Carmen ne put retenir un cri de ravissement. La respiration

haletante d'Elias était une musique grisante à son oreille, et elle ferma les yeux pour mieux s'en délecter.

— Regarde-moi, ordonna-t-il, relevant la tête.

Comment l'aurait-elle pu ? Ne serait-ce pas prendre le risque de révéler une vérité qu'elle venait seulement de découvrir ? C'était dès leur première rencontre qu'elle était tombée amoureuse d'Elias ! Au premier regard échangé.

Sans attendre qu'elle obéisse à sa sollicitation, Elias s'était mis à aller et venir en elle et Carmen avait le sentiment qu'il était sur le point de découvrir son secret. Elle était à deux doigts de lâcher qu'elle l'aimait, qu'elle ne pourrait plus se passer de lui.

Lui relevant plus haut les jambes, Elias s'enfonça plus profondément en elle et reprit ses mouvements de va-et-vient, lui arrachant des gémissements de plaisir.

— *Doucement*..., implora-t-elle cependant.

Sauf que ce n'était que pour savourer plus longtemps ces sensations nouvelles – Carmen avait clairement conscience qu'elle ne tarderait pas à perdre le contrôle.

Enfonçant ses ongles dans les fesses fermes d'Elias, elle se délectait des décharges de plaisir pur qu'elle éprouvait à chacun des coups de boutoir auxquels il la soumettait, tout en se morigénant intérieurement : il lui fallait trouver la force de résister à cette adoration pour Elias qui menaçait de tout ravager sur son passage.

Plus Elias accélérait le rythme, plus il était difficile à Carmen de ne pas s'embraser comme un fétu de paille. Elle jouait avec le feu, et c'était son cœur qu'elle mettait en danger !

— *Carmen !*

Le cri d'Elias lui fit serrer les dents. Était-ce pour s'interdire de crier à son tour, ou sous l'effet du plaisir ? Elle n'aurait su le dire. Ce fut lorsqu'elle entendit Elias émettre une plainte rauque, et le sentit se déverser en elle, que Carmen s'abandonna complètement, ne résistant plus aux convulsions qui secouaient tout son corps.

Alors, psalmodiant des paroles indistinctes, elle le rejoignit au sommet de la jouissance.

— *No me dejes ir*, finit-elle par implorer dans un souffle, rassurée de savoir qu'il ne comprendrait pas qu'elle le suppliait de ne pas la laisser repartir.

Elias lui arracha encore quelques spasmes de plaisir, puis il s'effondra sur elle.

Un long moment, Elias demeura immobile, pesant de tout son poids sur Carmen. Ce fut seulement lorsqu'il sentit Carmen gigoter sous lui, qu'il se laissa rouler sur le côté, et reprit son souffle. Sur la table de nuit, la pendule indiquait qu'il était 2 heures du matin. Seulement ? s'étonna Elias. Il avait l'impression de revenir d'un voyage dans des contrées tellement lointaines...

— Je peux te raconter quelque chose ? questionna-t-elle. Mais promets-moi que tu garderas le secret.

— D'accord, répondit-il d'une voix encore pantelante.

— Tous les matins, j'entends John et Laura faire l'amour.

Elle lui lança un coup d'œil amusé, puis ajouta :

— Je n'aimerais pas dormir dans la chambre au-dessus de la nôtre.

Elias laissa échapper un petit rire.

— Et où leur as-tu dit que tu passais ta soirée ? s'enquit-il.

— J'ai prétendu que j'avais fait la connaissance d'un type sur un site de rencontres.

— Tu tiens tellement à ce que notre relation reste secrète ?

C'était la première fois de sa vie qu'Elias avait affaire à

une femme n'attendant pas davantage que ce qu'il était prêt à donner.

— Absolument ! répondit Carmen. Je n'ai pas envie que les relations que j'ai avec mes collègues soient modifiées. Ni que cela devienne plus compliqué entre toi et moi...

Heureusement, se dit-elle, que c'était en espagnol qu'elle l'avait supplié de la garder auprès de lui, après avoir joui !

— Carmen ?

Elle se tourna pour faire face à Elias.

— Qu'est-ce qu'il y a ? questionna-t-elle.

— Je me demandais..., commença Elias.

Il marqua une pause, avec l'air de réfléchir, et Carmen s'efforça de faire taire tous les espoirs ridicules que son pauvre cœur, en manque d'amour, lui soufflait.

— Je me demandais, reprit Elias, si je ne pourrais pas prendre quelques jours de repos après la finale, pour que nous les passions ensemble...

— Pour quoi faire ? souffla-t-elle.

— Chercher des morceaux de verre orange sur la plage, par exemple... Et faire l'amour...

Carmen savait que son cœur lui demandait d'accepter. Mais sa tête lui hurlait de se méfier.

— Tu ferais mieux de dormir, dit-elle. N'oublie pas que tu as un match à gagner !

Elle demeura éveillée dans les bras d'Elias, écoutant le rythme paisible de son cœur tandis qu'il dormait. Comme elle aurait aimé suivre ce que lui dictait le sien !

Le sommeil la fuyant, Carmen se leva. Sans bruit, elle alla prendre une serviette dans la salle de bains et s'y enroula. Puis, elle gagna ce qui tenait lieu de salon après s'être servi un verre d'eau glacée dans la partie cuisine. Posant son verre sur le coin d'une desserte encombrée de cadres, elle en prit un pour l'examiner de plus près.

C'était une photo du mariage de Joel. Il était radieux, à côté d'Elias, son témoin. Puis Carmen reporta son attention sur la jeune mariée. Seraphina était ravissante dans sa robe blanche.

Soudain, la main de Carmen se mit à trembler. Brusquement, elle comprenait ce qu'Elias avait voulu dire :

« Le sourire de Seraphina, quand elle arrive à ses fins. »

Tout prenait sens : le mépris d'Elias pour la femme de son frère ; certaines des remarques de Laura ; le fait que Seraphina était présente le jour où Elias avait brusquement pris la décision de s'installer à l'hôtel...

Devait-elle accorder foi aux idées épouvantables qui assaillaient son esprit ? Dans la chambre, elle se rhabilla à la hâte, dans le noir.

— Où vas-tu ? demanda Elias d'une voix ensommeillée.

— Je me lève dans moins de deux heures, répondit-elle. Il vaut mieux que j'y aille. Rendors-toi.

Lorsqu'elle quitta le ranch, la tête lui tournait.

La femme de son propre frère ?

Dire qu'elle avait été à deux doigts de donner son cœur à un homme qui avait eu une liaison secrète avec sa belle-sœur !

Regagnant son refuge en toute hâte, elle ne regarda son portable qu'une fois refermée la porte derrière elle. Ses frères avaient essayé de la joindre à plusieurs reprises.

Elle cliqua sur le numéro d'Alejandro.

— Quelque chose ne va pas ? questionna-t-elle.

— C'est Maria, répondit-il. Elle est partie.

— *Quoi ?*

— Elle trouve que la maison est une charge trop lourde pour elle. Sa seule exigence est que nous laissions son portrait sur nos bouteilles. En échange, elle te donne la maison.

Du plat de la main, Carmen essuya les larmes coulant sur son visage – des larmes tellement amères ! Encore une fois, sa mère était partie. En prétendant avoir un geste magnanime à l'égard de sa fille.

La vérité, c'était qu'elle l'avait de nouveau *abandonnée* !

— Carmen ? lança Alejandro. Tu es toujours là ?

— Oui, répondit-elle d'une voix étranglée. C'est juste que je viens de prendre la décision de ne plus jamais écouter ce que me dit mon cœur.

15

À peine deux heures après avoir décidé de fermer son cœur à double tour pour le restant de ses jours, Carmen fit irruption dans le bureau de Blake.

— Est-ce que je peux te parler ? demanda-t-elle.

— Bien sûr. Quelque chose ne va pas ?

Carmen savait qu'elle avait les yeux rouges d'avoir pleuré.

— Un problème personnel, dit-elle. Je suis désolée de laisser tomber l'équipe..., mais...

— Tu t'en vas ?

— Je peux encore rester aujourd'hui. Mais il faut que je parte dès demain.

— Fais ce que tu as à faire. Tu as besoin de quelque chose ?

— Non. Enfin, juste ... ne pas assister à la finale...

— Comme tu voudras... Mais je suis sûr que tout le monde voudra te dire au revoir...

— Ce n'est pas la peine, objecta Carmen, craignant de craquer devant Blake. Mes collègues ont prévu d'aller au bal après la partie...

Regagnant les écuries pour accomplir ses tâches de la journée, Carmen songea que si Blake avait accepté sa démission sans lui poser de questions, il n'en serait pas de même pour Elias.

Elle était en train de répandre de la paille dans un box,

quand elle entendit résonner les talons de ses bottes d'un pas indiquant clairement qu'il était en colère.

— Qu'est-ce que c'est que cette histoire ? lui lança-t-il dès qu'il fut devant elle. Blake me dit que tu t'en vas ! Pourquoi ne m'en as-tu pas parlé d'abord ?

— C'est Blake qui m'a embauchée, non ? fit-elle.

Prenant la botte de paille qu'elle tenait, Elias la jeta au sol d'un geste brusque.

— Et tu n'allais pas m'annoncer ton départ ?

— Pour quoi faire ? Tu finirais bien par l'apprendre. Ce n'est pas parce que nous avons fait l'amour une ou deux fois que je suis tenue de t'exposer les raisons de mon départ. Je suppose que tu ne prends pas forcément des gants quand tu romps avec tes maîtresses, non ?

— Laisse mes maîtresses là où elles sont, veux-tu ?

C'était en pointant un doigt accusateur qu'Elias avait proféré cette remarque, et Carmen ne put s'empêcher de l'admirer d'avoir le courage de lui tenir tête.

Son père, *lui*, n'avait certainement jamais résisté quand Maria refaisait ses bagages. Quant à ses frères, ils acceptaient toujours ses propres caprices en levant les yeux au ciel.

— Je sais bien que nous n'avons pas une... *relation*, à proprement parler, toi et moi, avança Elias, mais enfin...

— Tu as raison, le coupa Carmen. C'est effectivement le cas. Et je n'ai aucune obligation de t'annoncer mes décisions.

Pendant un long moment, Elias dévisagea Carmen sans un mot.

— Pourquoi ? insista-t-il. Pourquoi partir maintenant ?

Je pars avant que tu ne me mentes effrontément !

Avant que tu ne me fasses du mal !

C'était ce que Carmen aurait voulu jeter au visage d'Elias.

— Bon, je n'ai pas que ça à faire ! préféra-t-elle lui lancer. Et je te rappelle que tu dois te préparer pour ton match.

Elle chercha à écarter Elias de son chemin, mais il l'agrippa par le poignet.

— Justement, je ne comprends pas pourquoi tu me fais ça aujourd'hui, souffla-t-il.

Au tréfonds d'elle-même, Carmen était écartelée entre des émotions conflictuelles qui la faisaient presque trembler.

— Je ne suis pas ta mascotte, Elias ! siffla-t-elle entre ses dents serrées.

La prenant par le menton, Elias l'obligea à lever son visage vers lui, mais Carmen détourna les yeux.

— Que s'est-il passé, cette nuit, entre le moment où je me suis endormi et celui où tu t'es rhabillée ? questionna-t-il.

Cette fois, Carmen n'hésita plus à soutenir le regard qui la sondait. Elle pinça les lèvres d'un air de dégoût.

— Demande à Wanda de t'accompagner, dit-elle. Ce sera un bouclier parfait pour te protéger de ta *belle-sœur* !

Instantanément, Elias relâcha le poignet de Carmen. Cependant, il continua à darder son regard sur elle.

— Tu aurais pu m'interroger à ce sujet, lâcha-t-il, au lieu de te livrer à des conclusions hâtives.

Il avait formulé cette remarque avec un calme glacial, mais à entendre son souffle court, Carmen comprit qu'elle l'avait terriblement blessé.

— Garde tes secrets pour toi, si ça te chante, reprit-il.

Puis il lui tourna le dos et Carmen le suivit du regard, tandis qu'il s'éloignait à grandes enjambées.

16

Carmen se haïssait ! Jamais Elias n'aurait agi comme elle l'avait fait, à quelques heures d'un événement aussi primordial que la finale. Si cela avait été *elle* qui se préparait pour une compétition, le Elias Henley qu'elle avait appris à connaître lui aurait souhaité bonne chance, attendant pour rompre que tout soit terminé.

— Salut !

L'intérimaire, qui venait d'entrer dans la cour, la regarda d'un air surpris. Il avait été embauché pour la remplacer pendant le match, et il devait s'étonner de la trouver là.

Après tout, pourquoi n'en profiterait-elle pas ? s'interrogea Carmen. Jamais elle ne pourrait effacer ce qu'il venait de se passer avec Elias. Le moins qu'elle pouvait faire était de lui présenter des excuses.

— Bonne chance, mon fils, déclara le père d'Elias avec une poignée de main énergique. Je suis fier de toi. Quel que soit le résultat de la partie.

— Je te remercie, fit Elias.

— Tu es bien pâle, observa sa mère.

— C'est normal, répliqua-t-il, je vais jouer la finale.

Sauf qu'Elias s'en moquait comme d'une guigne ! Il n'était

ni en colère, ni bouleversé. Simplement, il avait le sentiment de ne pas être au bon endroit. Carmen devait déjà être en route pour l'aéroport, et il allait se livrer à un jeu stupide au moment même où elle le quittait.

Un haut-parleur débita les noms des membres de son équipe.

— Bonne chance ! lui lança Laura.

— *Buena suerte !*

La voix de Carmen ! Se tournant vers elle, Elias nota qu'elle était très élégante, dans l'uniforme de l'écurie, les cheveux tirés en queue-de-cheval, mais que son teint était gris. Et elle évitait son regard.

— Merci, se contenta de répondre Elias.

Remuant les lèvres silencieusement, elle forma les mots :

— *Je suis vraiment désolée.*

Elias se contenta d'un hochement de tête.

C'était le sport le plus insensé, le plus dangereux auquel Carmen n'ait jamais assisté. Tout allait tellement vite !

À voir Elias et ses trois compagnons remonter le terrain au grand galop, elle sentait des frissons d'excitation parcourir tout son corps. Mais elle aurait peut-être mieux fait de ne pas leur souhaiter bonne chance, car l'équipe venait de perdre un *chukka* lorsque Elias sauta de Winnie pour changer de cheval.

— Je ne sais pas ce qu'il arrive à Elias, grommela John, mais il n'a pas la tête à la partie.

Carmen n'eut pas le temps de s'interroger sur cette remarque. Il fallait défaire les bandes protégeant les jambes des chevaux, les rafraîchir, tresser à nouveau les queues...

La partie reprit et Carmen joignit sa voix aux acclamations du public. Jamais elle n'avait rien vu de plus exaltant, et elle se demanda comment elle avait été assez stupide pour se priver de ce spectacle. Elle en adorait chaque minute.

Elle l'adorait, lui !

À la mi-temps, il semblait bien, hélas, que la partie soit perdue, comme l'affirmait John, désespéré.

Carmen fut chargée de préparer Winnie pour les *chukkas* suivants. Peut-être la jument était-elle trop excitée, car elle fit ce qui arrivait parfois lorsqu'on bandait les postérieurs d'un cheval, ou qu'on leur tripotait la queue...

— *Carmen !* glapit Laura.

Elle tourna instantanément la lance d'arrosage vers Carmen pour la débarrasser d'un maximum de boue.

— Seigneur ! s'exclama Elias.

— Je suppose que je n'ai eu que ce que je mérite, lança Carmen.

Elle ne manqua pas de remarquer le petit clin d'œil que lui adressait Elias.

La partie reprit sur un rythme encore plus échevelé. Lorsque Carmen vit Elias enfoncer les lignes adverses, elle se joignit aux « hourras » de ses compagnons. Tout le monde se congratula lorsqu'une sirène annonça la fin du match, et la victoire de l'équipe Henley.

Carmen était à bout de souffle. Mais elle était aussi envahie par les regrets. Aussi préféra-t-elle s'absorber dans tout le travail nécessaire à préparer les chevaux pour le retour aux écuries.

Elle ne s'interrompit que pour rejoindre ses collègues lorsque la coupe fut remise à Elias et ses partenaires.

Après les avoir remerciés, ainsi que tout son personnel, il leva le trophée et le dédia à son frère.

— Cette victoire, je l'offre à Joel !

Puis il expliqua brièvement que ses parents et lui allaient trouver une nouvelle façon de célébrer son souvenir.

Bien qu'il ne se soit pas étendu sur le sujet – ce n'était ni le moment, ni le lieu –, il était clair que la décision de laisser tomber la bourse de recherches était dans les tuyaux.

Elias avait laissé famille et amis partir avant lui vers les réjouissances, prétextant quelques menus problèmes à régler à l'écurie. Comme il s'y attendait, Carmen ne s'y trouvait pas. Il lui fut facile d'imaginer où elle avait pu se réfugier : sur la plage.

Assise au bord de l'eau, le menton posé sur les genoux, elle portait encore la même tenue qu'au terrain de polo, maculée de boue. Sur son visage, gris de poussière, des traînées plus claires montraient qu'elle avait pleuré.

— On dirait que la plage est notre lieu de rencontre favori, dit Elias en s'asseyant près d'elle.

Carmen le gratifia d'un pâle sourire.

— Oui, fit-elle. Je suis contente que tu sois venu, parce que je tenais à te présenter mes excuses. Et mes félicitations pour ta victoire. Je croyais que tu serais déjà en train de fêter ça.

— Tu vois, je suis là.

— Je te demande pardon de ne pas t'avoir informé de ma décision de partir.

— Est-ce que tu as déjà pris ton billet d'avion ?

Le regard fixé sur les vagues, Carmen ne répondit pas. Après quelques secondes de silence, elle tourna vers Elias un petit visage crispé.

— Tu avais raison au sujet de ma mère, dit-elle. Je n'aurais pas dû lui donner une autre chance. Encore une fois, elle est partie. Elle m'a abandonnée...

Appuyant le front sur ses bras croisés sur ses genoux, elle se mit doucement à pleurer.

Posant une main sur son épaule, Elias demanda :

— Ce n'est pas pour ça que tu as décidé de repartir aussi précipitamment, n'est-ce pas ?

Carmen fit non de la tête.

— Je ne vais pas te laisser seule ici, reprit-il. Suis-moi jusqu'à l'hôtel où la fête est organisée. Je ne te demande pas d'y participer. Je sais que tu n'en as pas envie. Mais tu pourras prendre un bain, et manger un morceau.

Dans la poche de sa veste, le téléphone d'Elias vibrait frénétiquement. Cela lui était égal.

Carmen n'avait toujours pas répondu à sa proposition. Elle semblait perdue dans ses pensées.

— Est-ce que je peux te demander quelque chose ? fit-il.

— J'ai vu Seraphina sur la photo de mariage...

— Ce n'est pas d'elle dont je voulais te parler.

— De quoi, alors ?

— Je ne comprends pas pourquoi tu n'as jamais dit à tes frères que tu avais vu ta mère sortir de la chambre de ton père. Tu dis que tu n'as pas de secrets pour eux...

— J'avais honte, Elias ! Je ne supportais pas qu'on sache, qu'il n'y avait que *lui* qui comptait pour elle. Que je n'existais pas à ses yeux. Bref, qu'elle ne m'a jamais aimée ! Je la hais !

— Tu la hais, mais tu l'aimes aussi.

— Peut-être.

Carmen se remit à pleurer, et Elias se leva, l'attirant contre lui. Elle ne résista pas.

— Viens avec moi à l'hôtel, insista-t-il.

— D'accord, fit-elle en reniflant. Mais il faut que je passe chercher mon sac à dos d'abord.

Côte à côte, Carmen et Elias gagnèrent les logements des palefreniers, désertés par leurs habitants, envolés vers la fête.

— Je n'en ai pas pour longtemps, déclara Carmen à Elias qui s'installait sur un banc de la cuisine d'été.

Elle avait laissé son sac à dos sur son lit. Mais ce à quoi

Carmen ne s'attendait pas, c'était à découvrir, posée à côté, une grande boîte portant les mentions :

POUR CARMEN ROMERO.

DE LA PART DU CAPITÁN DANTE

Une fois qu'Elias se fut garé dans le parking de l'hôtel, un ascenseur privé les emporta jusque dans son penthouse.

À nouveau, il s'interrogea sur l'identité véritable de Carmen. Car, en dépit de son apparence crasseuse, et chargée d'un vieux sac à dos ainsi que d'une grande boîte, étonnamment luxueuse, ce fut en gratifiant le garçon d'étage d'un sourire plein d'assurance qu'elle pénétra dans la suite.

— Désirez-vous que l'on vous apporte quelque chose à boire, madame ? demanda l'homme avec déférence.

— Oui, un verre de xérès, s'il vous plaît.

— Je m'en occupe, s'interposa Elias.

Une femme de chambre émergea de la salle de bains, annonçant tout aussi respectueusement :

— Votre bain est prêt, madame.

— *Gracias*, répondit Carmen avec un grand sourire.

Ce fut avec ravissement que Carmen se débarrassa de ses vêtements souillés pour se glisser dans le bain moussant, délicieusement parfumé.

Cependant, elle n'avait pas osé annoncer à Elias qu'elle prenait l'avion le soir même, ce qui la mettait un peu mal à l'aise. Mais les scènes d'adieu n'étaient pas son fort.

Encore moins, lorsqu'il s'agissait de se séparer d'Elias.

Le téléphone d'Elias clignotait comme la guirlande d'un arbre de Noël. Il se contenta de répondre à quelques messages.

Jetant un regard distrait vers le sac à dos et la boîte, il lut :

Pour Carmen Romero... C'était donc son véritable nom !

Il était occupé à préparer un verre de xérès pour Carmen, lorsqu'il vit s'allumer l'écran du portable qu'elle avait abandonné sur le lit.

On lui précisait l'heure d'enregistrement pour son vol, qui décollait le soir même. Carmen voyagerait en première classe.

Les pièces du puzzle commençaient à se mettre en place...

Lorsque Elias rejoignit Carmen dans la salle de bains, il tenait un verre et une bouteille de xérès.

— Je suppose que c'est celui que tu aimes..., dit-il.

Elle se sentit rougir.

— Tu as vu mon nom sur la boîte, c'est ça ? s'enquit-elle.

Lui prenant la bouteille des mains, elle tourna l'étiquette vers lui.

— C'est ma mère, fit-elle. C'est une célèbre danseuse de flamenco : Maria de Luca. Mon nom complet est Carmen Romero de Luca. Ma mère a renoncé à garder l'hacienda, mais elle tient à ce que son image continue à représenter notre marque. Mon frère aîné s'y oppose. Encore un conflit en perspective...

— C'est la règle dans les familles, non ? fit Elias d'un air désabusé.

Il était venu s'asseoir sur le rebord de la baignoire et, pendant quelques secondes, il sembla s'absorber dans la vision qu'offrait Carmen, nue sous la mousse, puis il reprit :

— Je vais te confier quelque chose que je m'étais juré de ne révéler à personne. C'est ce que j'avais promis à mon frère quand je suis allé reconnaître son corps.

— Alors, c'est une promesse que tu n'as pas le droit de trahir ! s'indigna Carmen.

— Mais j'en ai envie. Je sais que je peux te faire confiance.

— Après que je t'ai caché jusqu'à mon nom ?

— Ce n'était qu'un... mensonge par omission...

Carmen n'était pas certaine d'avoir le courage d'entendre ce qu'Elias allait lui révéler. Mais elle vit la douleur qui assombrissait le regard de velours. Le moins qu'elle puisse faire était de l'écouter.

— Bon, vas-y, fit-elle en hochant la tête.

— Quelques semaines avant la mort de Joel, commença Elias, Seraphina avait eu le culot de me faire des avances. Je logeais dans les dépendances, à ce moment-là, et elle était venue prendre je ne sais quelles mesures. Quand je suis sorti de la douche, elle m'attendait en haut des escaliers...

Elias se tut, et Carmen dut se gendarmer pour ne pas s'enfuir. Elle avait affreusement peur de ce qu'il allait dire.

— Bien sûr, il ne s'est rien passé. Je l'ai repoussée sur-le-champ. Un peu brutalement, même. J'étais tellement choqué !

Carmen s'efforça de retenir un soupir de soulagement. Sauf qu'elle ne tarda pas à être submergée par une autre crainte : Elias se doutait-il qu'elle l'avait soupçonné du pire ? L'amertume perceptible dans ce qu'elle lui avait lancé, le matin même, était-elle suffisante pour qu'il ait compris ?

— Elias, je suis vraiment désolée pour ce que je t'ai dit avant le match.

— Ne t'excuse pas. J'aurais pensé la même chose. Mais je t'assure qu'il ne s'est rien passé entre Seraphina et moi. Sous le choc, je suis resté figé. Elle ne cessait de répéter que c'était de moi dont elle avait toujours été amoureuse..., que nous n'avions pas besoin de mettre Joel au courant...

S'interrompant, Elias repoussa nerveusement ses cheveux.

— Elle était sa *femme*..., enchaîna-t-il d'une voix voilée. Et Joel était mon *jumeau*... Bon sang !

— Tu ne lui en as pas parlé ?

— Grands dieux, non !

— Et tu ne t'es jamais confié à personne ?

— Non. Personne, à part *toi*.

Elias la fixa longuement, avant d'ajouter :

— Le soir de l'accident, il m'a appelé depuis sa voiture. Il était dans un état épouvantable. En larmes, il m'a expliqué que, depuis le retour de leur lune de miel, Seraphina avait complètement changé d'attitude avec lui. Il voulait savoir ce que j'en pensais. Je lui ai juste dit d'être patient, que tout finirait par s'arranger. Il a ri, et il m'a supplié de ne rien dire à personne. Puis, il y a eu le fracas de l'accident...

Prenant la main de Carmen, Elias en examina la paume.

— Tu as une ligne de vie sacrément longue.

— Comme si tu croyais à ce genre de choses ! pouffa-t-elle.

Mais cette détente fut de courte durée, car déjà Elias reprenait ses confidences :

— Mes parents étaient dévastés. M'ouvrir à eux de la trahison de Seraphina n'aurait fait que décupler leur chagrin. Et puis, Joel était si fier de son couple. Alors, sur son lit de mort, je me suis engagé à garder le secret.

— Certains secrets sont lourds à porter seul..., murmura Carmen.

— C'est aussi pour cela que j'ai eu envie de te parler, Carmen. Pourquoi ne pas te confier à tes frères ? Tu n'as pas à avoir honte de quoi que ce soit. Et puisque tu vas les retrouver dès ce soir...

— Comment le sais-tu ?

— J'ai vu le message sur ton téléphone.

Elle fit la grimace, et il se hâta de compléter l'information :

— Je n'ai pas cherché ! L'écran s'est juste allumé à côté de moi.

Se levant, il conclut :

— Bon, il serait temps que je me prépare pour la fête.

— Seraphina y sera ? s'enquit Carmen.

— Sûr ! Et j'imagine qu'elle va essayer de trouver un moment en tête à tête avec moi.

Carmen fit la moue.

— Je ne détesterais pas avoir un moment en tête à tête avec elle, lâcha-t-elle d'un ton venimeux.

Partant d'un grand rire, Elias se déshabilla puis se glissa sous la douche. Fascinée, Carmen le regarda se savonner le torse, les bras… Ensuite, la fixant intensément, il entreprit de passer du savon sur son ventre, de plus en plus bas. Elle mourait d'envie de le rejoindre sous la douche, de plaquer son corps à cette montagne de muscles.

Elias quitta la cabine pour commencer à se brosser les dents, puis frotter ses joues avec un blaireau. Alors, sans trop savoir pourquoi, Carmen n'y tint plus.

Sortant de la baignoire, elle lui prit l'objet des mains.

— Laisse-moi faire ! fit-elle.

— Tu n'y penses pas ! protesta Elias. Je ne vais pas te laisser me raser. Je tiens à présenter un visage séduisant à mes invités.

— Tu es *toujours* séduisant.

À travers leurs rires, ils s'embrassèrent, et leurs baisers avaient le goût du dentifrice et du savon à barbe. Puis, Carmen caressa les pectoraux magnifiquement dessinés. Avant de glisser ses doigts dans la toison brune du bas-ventre. Enfin, elle s'enhardit jusqu'à le prendre dans sa main.

— *Oui…*, souffla-t-il.

— Je vais te mettre en retard.

— J'ai l'air de m'en soucier ?

Elias lui écarta les cuisses, et joua un instant avec le triangle de boucles, Ensuite, les longs doigts écartèrent les pétales de sa féminité. Carmen n'avait jamais éprouvé un désir aussi ravageur. Elle était en feu.

La soulevant du sol, Elias la fit asseoir au bord du plan de marbre. Carmen se mordit la lèvre, lorsque l'extrémité du long membre flirta avec l'orée de son sexe, avant d'y pénétrer tout doucement.

Elias prenait son temps, mais elle n'en pouvait plus.

— *Viens...*, gémit-elle.

— Regarde-nous ! lui intima-t-il.

Ensemble ils abaissèrent les yeux sur l'endroit où leurs deux corps étaient unis, et Carmen s'étonna elle-même de ce qu'elle osait.

Lorsqu'elle sentit monter la jouissance, elle releva la tête pour river son regard à celui d'Elias, se laissant conduire jusqu'à des sommets auxquels lui seul était capable de la mener, toujours assise sur ce rebord de marbre, tandis qu'il plongeait encore et encore au plus profond de son être.

Carmen aurait donné n'importe quoi pour que leur histoire ne prenne jamais fin.

— Il faut vraiment que j'y aille, déclara Elias, d'un ton de regret, en ramenant Carmen dans la chambre.

— Je sais, fit-elle, en se laissant allonger sur le lit. Mais tu n'es toujours pas rasé...

— Trop tard !

Elle le regarda s'habiller, nouer sa cravate

— Quoi d'autre m'as-tu caché ? lui lança-t-il d'un air narquois en enfilant sa veste.

— Je suis riche..., et bien meilleure cavalière que toi. Ah, et je ne sais pas cuisiner.

À cette énumération, Elias éclata de rire.

— C'est tout ? fit-il.

Que répondre ? s'interrogea Carmen. Pouvait-elle se risquer à lui avouer son amour ?

Comme elle demeurait silencieuse, il enchaîna :

— Carmen, je sais que ton avion décolle à minuit. Je suppose que cela signifie qu'on doit se dire adieu...

Elle se limita à hocher la tête.

— Attends, reprit-il.

Allant chercher son portefeuille sur une table, il en extirpa ce qui ressemblait à un petit caillou et le lui tendit.

— Un morceau de verre ! s'exclama-t-elle.

— Oui, mais orange ! insista Elias.

Carmen le voyait plutôt brun, mais lorsque Elias alluma le plafonnier, elle poussa un petit cri émerveillé :

— Mais oui ! dit-elle en lui souriant. Tu n'imagines pas à quel point c'est rare.

— Presque aussi rare que la chance que nous avons eue, répliqua-t-il en la prenant par le menton. Pourquoi est-ce que tu t'en vas, Carmen ?

— J'ai une famille qui m'attend, répondit-elle en haussant une épaule. Et puis, si nous passons davantage de temps ensemble, ça rendra la séparation plus difficile, non ?

Au lieu de répondre, Elias prit la bouteille de xérès sur le bar, et attrapa un stylo.

— Qu'est-ce que tu fais ? s'écria Carmen en le voyant griffonner quelque chose sur l'étiquette. Je te rappelle que c'est ma mère !

— Je sais, répondit-il en reposant la bouteille. Mais tu te souviens de ce que tu m'as dit, l'autre jour ? « *Huye de las personas que apagan tu sonrisa.* » Alors, pourquoi préfères-tu ignorer que, moi, j'ai réussi à te faire sourire à nouveau ?

Puis Elias se dirigea vers la porte, et sortit sans un mot de plus.

Si elle comptait vraiment pour lui, ne serait-il pas resté ? s'interrogea Carmen. Sauf qu'une salle de réception, pleine à craquer, l'attendait. Quant à elle-même, finirait-elle un jour par cesser de fuir ?

Dante était habitué à répondre aux demandes les plus extravagantes. Mais il était clair qu'il avait mis un soin tout particulier à élaborer le contenu de ce paquet.

La robe de velours rouge était exactement ce dont Carmen avait rêvé. Il y avait joint les magnifiques boucles d'oreilles en diamant qu'elle avait reçu pour ses dix-huit ans de la part de son père, ainsi qu'un collier – également offert par celui-ci.

Une carte avait été ajoutée dans la boîte. Elle était de la main de sa belle-sœur Anna, qui avait écrit :

Capitán Dante a demandé mon aide pour le choix des sous-vêtements. Je me suis souvenue de notre virée shopping, et de ceux que tu m'avais poussée à acheter. J'espère que ceux-ci seront à ton goût. Anna x

Carmen sourit en voyant le petit « x » symbolisant un baiser chez les Anglais.

Dans un autre minuscule paquet, un tube de rouge à lèvres avait été ajouté, avec une petite note d'Emily, indiquant que c'était son préféré, et également assorti du petit « x ».

Une fois qu'elle eut lissé ses cheveux, Carmen enfila les sous-vêtements en soie de couleur lilas, la longue robe écarlate, et les escarpins assortis.

Ce soir, elle serait enfin elle-même ! La femme qu'elle avait fini par accepter de devenir.

Pour se donner du courage, et lever son verre à la mémoire

de son cher *papá*, Carmen décida de se verser un xérès. Ce fut en prenant la bouteille qu'elle se rendit compte qu'Elias n'avait pas affublé sa mère d'une moustache, comme elle l'avait craint. Au lieu de cela, il avait écrit sur l'étiquette :

Ce soir, je veux danser avec Carmen.

Dans cette simple phrase, il n'y avait ni colère, ni menace. Elias Henley se contentait d'affirmer son désir de danser avec une femme qui ne cessait de répéter qu'elle n'aimait pas ça. Alors, qu'elle en mourait d'envie.

Face au grand miroir, Carmen peignit ses lèvres du beau rouge franc offert par Emily. Puis elle prit son téléphone pour faire un selfie. Enfin, elle créa une messagerie de groupe avec ses deux belles-sœurs et leur envoya sa photo qu'elle assortit de la mention :

Allá voy ! Deséame suerto !

(C'est parti ! Souhaitez-moi bonne chance !)

Un instant, elle se reprocha ce SMS, car elle ne tenait pas à ce qu'Anna et Emily demandent à ses frères de traduire. Elle fut très vite rassurée : les deux jeunes femmes avaient dû faire des progrès en espagnol car les cœurs et émojis qu'elle reçut instantanément, montrèrent qu'elles avaient bien compris. Savoir qu'elles la soutenaient donna du courage à Carmen.

Oui, elle aimait Elias. L'homme qui lui avait redonné le sourire. Elle n'avait plus peur de le lui dire.

Et si jamais il la rejetait...

— Tu survivras ! dit-elle à haute voix à son image, dans le miroir.

17

— Où donc est Wanda ? s'enquit Eleanor en voyant Elias arriver seul dans la salle de réception.

— Nous avons rompu, fit-il.

— Oh ! je suis désolée pour toi...

Le regard que sa mère posait sur lui était plein d'amour. Mais il ne se voyait pas lui expliquer qu'il n'avait que faire de Wanda. Celle qui obsédait ses pensées, c'était Carmen.

Était-elle déjà dans un taxi ? Comment avait-elle pu prendre la décision de partir ce soir même ? De renoncer aux promesses, aux espoirs qui étaient nés entre eux ?

— Encore bravo pour ton succès ! reprit sa mère.

— Merci, fit-il.

Elias se tourna vers son père, puis il engloba ses deux parents dans un même regard, et ajouta :

— Je suis tellement heureux que vous soyez là !

— C'est juste normal, grommela William.

Il avait beau ne pas approuver la passion de son fils pour une activité qui l'éloignait aussi souvent de l'affaire familiale, il était capable de lui apporter son soutien – même à sa manière bourrue.

Elias se dit qu'il avait beaucoup de chance.

Lorsqu'il alla rejoindre son équipe, il ne fut guère surpris de voir Seraphina se diriger vers lui.

— J'ai appris que tu avais rompu avec Wanda..., lui glissa-t-elle à l'oreille. Que s'est-il passé ?

Lorsqu'elle lui posa une main sur le bras, Elias faillit lâcher la vérité : qu'il avait rencontré quelqu'un.

Une femme intègre.

Pour un peu, il aurait regardé Seraphina droit dans les yeux pour lui dire qu'il avait trouvé l'amour.

Mais ce n'était pas cette vipère qui devait entendre cet aveu en premier. C'était à Carmen qu'il lui fallait dire cela !

C'était elle, surtout, qui avait *besoin* de l'entendre.

Car elle avait bien trop peur de dévoiler ses sentiments, sans la garantie d'être aimée en retour – ce que personne ne lui avait jamais offert.

— Excuse-moi, dit-il à Seraphina, j'ai autre chose à faire.

La laissant médusée, Elias se dirigea vers l'une des grandes portes. Il avait peut-être encore le temps d'arriver à l'aéroport avant que Carmen n'ait embarqué...

Soudain, un étrange brouhaha l'arrêta.

— Mais regardez-moi ça ! entendit-il Laura s'exclamer d'une voix incrédule.

Elias fit volte-face, et découvrit... *Carmen !*

Elle avait rejoint le petit groupe de ses collègues qui la regardaient avec des yeux ronds.

— Tu es magnifique ! s'extasia Laura. Mais comment as-tu réussi à faire rentrer cette robe dans un sac à dos ?

— Il vaut mieux être prêt à toute éventualité, répondit Carmen de sa belle voix grave.

Elias ne doutait pas qu'elle ait eu besoin de mobiliser tout son courage, pour cette entrée théâtrale.

Ella avait beau s'être sentie rejetée pendant toute sa vie, Carmen avait choisi de prendre le risque de lui offrir son cœur.

Jamais, au grand jamais, il ne la trahirait.

Jamais il ne l'abandonnerait.

— Laura a raison, fit-il. Tu es superbe.

— Tu n'es pas mal non plus.

Elle leva une main et lui caressa le menton.

— Tu ne t'es pas rasé, fit-elle d'un ton qui se voulait grondeur.

— J'étais trop occupé pour ça, répliqua-t-il. Mais cela n'a pas d'importance. Est-ce que tu as lu mon message, sur la bouteille ?

Carmen lui adressa un sourire lumineux.

— Sinon, je ne serais pas là, répondit-elle. Je suis venue réclamer ma danse...

S'abandonnant entre ses bras, elle le suivit dans la valse que l'orchestre venait d'entamer.

— Merci de ne pas être partie ce soir, lui souffla-t-il.

— Il m'a semblé que nous pouvions nous accorder une nouvelle chance...

— Et bien davantage ! Je t'aime, Carmen.

— Chut..., fit-elle. Tu es juste sur un petit nuage parce que tu as gagné la finale.

— Je t'aime, Carmen, redit Elias.

Elle s'écarta de lui pour le regarder dans les yeux.

— Alors, promets-moi que tu ne retireras jamais ce que tu viens de dire, implora-t-elle.

Comment Elias aurait-il pu s'étonner de pareille supplique ? N'avait-il pas déjà découvert que sous une apparence de calme assurance, Carmen dissimulait des doutes qui venaient de très loin – bien avant qu'il ne soit entré dans sa vie.

Se penchant à son oreille, il murmura :

— Je promets de t'aimer pour le restant de mes jours.

18

Depuis toute petite, Carmen s'était imaginé qu'elle se marierait à Jerez, conduite à l'autel par son père.

— Je me demande comment *papá* prendrait le fait que je me marie à Malibu..., dit-elle à Anna.

— Je suis certaine qu'il serait ravi de te voir si heureuse, déclara celle-ci, occupée à extraire d'une montagne de papier de soie la robe de mariée envoyée d'Espagne.

Carmen sourit à Willow qui lui servait de demoiselle d'honneur. La fillette était désormais officiellement sa nièce, puisque la procédure de son adoption par Sebastián s'était heureusement conclue.

— Tu as l'air d'une vraie danseuse de flamenco, lui dit Carmen.

— Je *suis* une danseuse de flamenco ! protesta l'enfant.

Emily, tenant sur ses genoux la petite Josefa, éclata de rire.

Toute la famille Romero s'était transportée en Californie pour le mariage de Carmen.

Il y avait quatre semaines qu'Elias l'avait assurée qu'il l'aimerait pour le restant de ses jours.

Bien sûr, Antonio et Sebastián avaient protesté que le mariage était trop précipité – surtout avec homme dont la réputation de play-boy valait largement la leur.

Mais Carmen et Elias n'avaient pas envie d'attendre. Même si le délai était très court pour rassembler tous leurs proches.

Seraphina et Vincent s'étaient empressés de refuser l'invitation au prétexte qu'ils s'offraient un petit voyage pour célébrer une grande nouvelle : ils attendaient un bébé !

Évidemment, Maria avait traîné à faire savoir si elle serait de la fête ! Carmen continuait à espérer, et elle voyait bien qu'Elias ne voulait pas la décourager.

— Tu es prête à passer ta robe ? s'enquit Emily.

— Accorde-moi quelques minutes, répondit Carmen.

Elle alla s'enfermer dans la salle de bains, et ouvrit le tiroir où elle avait rangé un test de grossesse acheté la veille. Si elle avait pensé attendre jusqu'après le mariage, son impatience était trop grande.

Entendant, ses belles-sœurs bavarder – entre rires de Willow et babillages de Josefa –, Carmen vit apparaître les deux traits confirmant les signes qui l'avaient alertée : elle allait être mère !

Accompagnée par ses deux frères, Carmen remonta la longue allée bordée de fleurs jusqu'à Elias qui l'attendait au pied de l'autel dressé en plein air.

Des dizaines de visages souriants étaient tournés vers elle, mais la seule personne qu'elle voyait, c'était *lui*.

— Comme tu es belle ! souffla-t-il lorsqu'elle l'eut rejoint.

Carmen avait choisi une toilette évoquant son pays natal : une robe de flamenco en soie ivoire, de coupe moderne, accompagnée d'un châle assorti.

Dans son impeccable costume de couleur gris sombre, égayé par une cravate argent, Elias était superbe.

Il lui prit la main, et tous deux se tournèrent vers l'officiante qui commença par évoquer leurs histoires personnelles, sans oublier de mentionner ceux qu'ils avaient tant aimés et qui n'étaient plus là.

Jetant un coup d'œil à celui qui était sur le point de devenir son époux, Carmen vit s'humecter les prunelles brun sombre pour la première fois depuis leur rencontre.

Après s'être mutuellement assurés de leur amour éternel, Carmen et Elias échangèrent leurs alliances : anneau en or espagnol pour Elias, en or californien pour Carmen. Puis, Elias glissa au doigt de Carmen une autre bague : le morceau de verre orangé sur une délicate monture en or.

Il ne fut pas nécessaire à l'officiante, amusée, d'autoriser Elias à embrasser la mariée !

Lorsque, à la table du repas de noces, Sebastián proposa un verre de xérès à Carmen, elle secoua la tête :

— Je reste à l'eau, fit-elle, provoquant un échange de regards intrigués entre ses belles-sœurs.

— Regarde au moins la bouteille, insista son frère.

— Quoi ? Encore ces histoires d'étiquettes ?

— Regarde, je te dis !

Sur la bouteille, sa *mamá* – en robe de danseuse – n'avait pas disparu. Cependant, à côté d'elle, on voyait Carmen, dans sa tenue d'écuyère, fière et radieuse.

Maria n'apprécierait peut-être pas de devoir partager la vedette avec sa fille, mais Carmen applaudit.

— J'adore ! s'exclama-t-elle.

Les conversations allèrent bon train – Eleanor semblant apprécier tout particulièrement le produit des vignes Romero – jusqu'au moment où Elias se leva pour répondre à un appel sur son portable.

— Ton mari n'est donc pas capable d'ignorer son téléphone

un jour comme aujourd'hui ? s'indigna Sebastián, toujours protecteur de sa cadette.

Mais Carmen savait qu'une seule chose pouvait avoir poussé Elias à répondre. Elle se leva pour aller le rejoindre.

— C'est Capricorn, n'est-ce pas ? lui dit-elle.

— Oui, mais je vais leur envoyer Blake, répondit Elias.

Haussant les épaules, Carmen se dirigea sans attendre vers les écuries.

— Ce n'est pas comme cela que tu es censée passer le jour de tes noces, déclara Elias en entrant dans le box à sa suite.

Déjà, Carmen avait pris la jument par le cou, et la rassurait.

— Il ne pourrait y avoir de meilleure façon, répliqua-t-elle.

Ensemble, ils aidèrent Capricorn à mettre au monde un fragile poulain au poil gris.

Puis, contemplant sa merveilleuse femme, tout à fait indifférente au fait que sa robe était tachée du sang de la mise bas, Elias lui demanda :

— Carmen, tu n'as rien à me dire ?

Elle leva les yeux vers lui en fronçant les sourcils.

— Hier soir, reprit-il, en cherchant quelque chose dans la salle de bains, j'ai trouvé le test de grossesse dans un tiroir. Alors ?

— J'avais prévu d'attendre jusqu'après le mariage, répondit Carmen en rougissant.

— Mais tu as craqué avant, c'est cela ?

Elle opina de la tête.

Elias alla l'enlacer, l'embrassant sur la tempe.

— Nous allons avoir un bébé, souffla-t-elle.

— Eh bien, déclara Elias, nous n'aurons pas besoin d'organiser un voyage pour fêter cette nouvelle. Notre lune de miel y suffira !

Vous avez aimé ce roman ?

Retrouvez en numérique l'empire Romero dans :

1. *Nuits avec un play-boy*

2. *L'étreinte de minuit*

3. *Séduction au haras*